百点満点

岩原茂明

能登印刷出版部

目次

乗り物マニアの物語

第一話　脱線防止線

「かおるちゃん！　かわいい」
昭雄さんが焼きまんじゅうを手にささやくと、かおるはにこっと笑いました。
ここは乗り物マニアのたまり場です。近くに駅前小学校があったので昼休みとかに小学生がよく来てました。
六月のある日のこと、三年生の昭雄さんが教室に戻っていきました。すると担任の塩梅先生がみんなの前で
「中橋昭雄君」といいました。（とかおるは聴きました）
「はい、なにか？」昭雄さんは叱られるのかとびくついたのです。
昼に外出したことか？　ところがそうではなかったのでした。先生は表彰状を出してきたのです。

中橋町にあった貴婦人：中宮かおるさん寄贈

（勉強ぎらいの昭雄さんが表彰状なんて、かおるはびっくりしました）

＊＊＊

金沢駅ではまだその頃はＳＬ（蒸気機関車）が走っていました。そんな金沢市には駅前や材木町など五十四校の小学校がありました。

金沢駅前には市内電車の休憩の線があり、いっぽう国鉄の横断歩道橋の向こうには機関庫や貨物ヤードがありました。

午後の三時過ぎ、乗り物ファンのこどもたちは金沢駅前の歩道橋の上で、蒸気機関車三両が並んで通り過ぎるのを待っていました。

「おお！」左の3番線にはぺーと汽笛が鳴る貨物の機関車。仕分けする貨車の列車で、Ｄ51の一号機です。

真ん中の4番線にはファーンと鳴る七両編成のＣ57型の特急列車です。

細いボイラーで、貴婦人のようです。

その右隣の5番線には、倶利伽羅近くの急坂で特急列車を後ろから押すための蒸気機関車

D51です。

ピーと鳴ってました。

三つが並んだときは壮観でした。


しかし、特急列車や貨物列車はたまにしか来ないのです。だからそのあとは、ぞろぞろと歩道橋を降りました。そこにかおるのママのどじょうのかば焼き屋があり、その軒先に入って一本十円でほうばるのでした。

急に雨が降った日だと、みんなこの軒先で雨宿りをしていました。

ある日雨がひどくて雨だれの音も大きく、ママが戸を少しあけて顔を出しました。その折に昭雄さんが土間が広いことを見つけて
「おばさん！　広いじゃない。ちょっと入れてちょうだい」といったのです。

ママが戸をガラガラと開けたら、ぞろぞろと入り込みそれを機会にかおるのママがお店の土間を開放したのでした。

そこは、もともとかおるのパパや同僚の運転士さんが、ママのつくったカレーを食べる場

所でした。

店の名前は誰いうとなく「貴婦人」でした。

子どもたちは貴婦人でどじょうのかば焼きや焼きまんじゅうを買ってぱくつき、そうしながら、大人の乗り物談義を聴いていました。

どじょうのかば焼き：中宮かおるさん寄贈

機関車や特急列車の運転士さんや車掌さんのお話です。

＊＊＊

昭雄さんの大失敗です！　（うふふ、でもこれがひょうたんからコマでした）

昭雄さんはある雨の日、外に出てもしかたがないので、テレビでチャンバラを見ていました。手裏剣がシュシューとかっこういいのです。

なんと、こんなものを自分で作ろうと昭雄さんは思ったのでした。

鉄板の上で金づちで五寸釘をたたいてつぶせばできるはずです。（かおるは危ないと思います）

実際鉄板の上でガンガンやってみたが釘はなかなかつぶれません。

どうしよう！　何か名案はないか！

突然、貴婦人で市内電車の運転士さんがつぶやいていたのを思い出しました。

「線路に釘がおいてある。小さい子のいたずらだが困ったもんだ。君ら、そんなことするなよ。君らだと怒るわけにもいかん」

「釘で脱線するん?」と昭雄さん。

「釘では脱線はしないが、高速であちこち飛んで危険だ」

そうだ! 停車寸前の遅いところで線路に五寸釘置けばいい。電車が轢いてくれるから平たくなる、なら、脱線もしないから怒られることもないし!

昭雄さんはひとりにんまりしていました。(かおるは、そんな危ないことに賛成はできません)

次の朝昭雄さんは早く起きて市内電車の駅南停留所の線路の上に15センチもある五寸釘を置いたのでした。

昭雄さんが住んでいたお家はすぐ近くを市内電車がごろごろ、ごろごろと音を立てて走っていました。

昭雄さんは停留所の手前の、大通りの隅で見守っていました。すると、あの知り合いの運転士さんで、運転席からあいさつしたので、ぱっと逃げました。

えっ! という顔をした運転士さんは前を見て、「あっ」といって、釘を見つけました。

電車はぎぎーといって停まりました。
「僕！　君か」といって降りて昭雄さんのほうを向いたのです。が、このときは
「今回は見逃してやるが・・・」といって怒りを鎮めてから
「君は大きくなったら電車の安全を考えろ」といい捨てて電車に戻りました。
昭雄さんは汗がどっと出ましたが、ほっとしました。
しかし
「電車の安全を考えろ」このひとことは、ずしりと胸に響きました。（当然です！）
夜になって、昭雄さんはお父さんにこっぴどく叱られたのです。（当然だと思います）
脱線しないと思ったわけを正直に説明したら
「昭雄の頭の回転が速いのはわかった。どうすれば、人の役に立てるかを考えろ」と。
え！　市内電車の運転士さんも安全を考えろといったけ。
電車の線路に釘を敷くことは、もうこんりんざいやめようと決めました。

（ひょうたんからコマの話はここからです）

青電車（レプリカ）

貴婦人の近くの駅南停留所で市内電車の線路は大きく右に曲がっています。１２０度はある鋭角です。

発車してすぐにこのカーブなので運転士さんはたいへんです。しょっちゅう脱線していました。

その度に責任者の方がやってくるまでストップです。

昭雄さんはその話をある日「貴婦人」のかおるのパパ、特急の運転士に国鉄ではどうしてるか、聴いていました。

「ははあ、それは脱線防止線がいるなあ。３番線の空貨物の仕分けがハンプで板バネを超えた場合と同じで」

脱線しやすいところでは、脱線する方向にあらかじめまっすぐ線路を伸ばしておくのです。するとポイントを乗り越えても脱線しないで済みます。国鉄の歩道橋の向こうにもありました。

「おじさん、それ市内電車の人にいってよ」

「いや、国鉄の人間が口を出すわけにいかん、僕がいいなさい」ライバル意識があるようです。

昭雄さんは
「そうかなあ」とだけつぶやきました。

その帰り、件の交差点にいくと、また脱線してるではありませんか。

「僕か！　危ないから向こういっとれ、まさか、釘おいたんじゃないやろな」市内電車の運転士さんが叫びました。

昭雄さんは必死でした。

「とんでもない、国鉄駅の3番線のように脱線防止線をつければ大丈夫と貴婦人の運転士さんはいってたよ」

「脱線防止線！　なんだ、それ！　どこにある？」

「歩道橋の傍にあるよ。脱線しやすいところではあらかじめ、そちらの方に線路を伸ばしておくんだって」

「よし！　あとから見とく。それなら釘の件はかんべんしてやる」

（そしていよいよひょうたんからコマが出ました）

その次の日の午後、昭雄さんが家にいたら、その運転士さんともうひとりの方が訪ねてきました。母さんから
「市電のお客さん」といわれて
え！　釘の話は終わったのに、とおそるおそる玄関に出ました。

ところが
「歩道橋の脱線防止線、どこにあるか教えて」という話でした。

昭雄さんは歩道橋の上に案内して「あれです」と指さしました。

貨物仕分けの3番線、特急列車の4番線、後押し機関車の5番線が合流するところです。

ふたりは食い入るように見ていました。

「ははあ、空の貨物の合流線対策で直線側を伸ばして板バネがオーバーするのをカバーしたんや」といってました。

駅の構内では貨物の仕分けのためのゆるい坂があって、テーン・ガチャといって貨車を一両づつに分けているのでした。昭雄さんがそれを説明したら、ふたりとも頷いていました。

そこは坂道で空だと脱線しやすいので、合流線とは別に直線側を数メートル伸ばしてあるのです。

「駅南交差点も合流線対策で直線つくれば・・・。２ｍほどでじゅうぶんでしょう」と市内電車の運転士さん。

「そうだな・・・」と相方がいいました。

相方が昭雄さんをふりかえると
「ふつうはカーブの場合、カントといって左右で線路の高さを変えるが、ここは停留所があって、それができない。それにコイルばねではずみやすい。板バネならいいのだがそれにできず困っていたんや」

「ああ、そうだったんですか」と昭雄さん。

「ああ。台車が前後にある４軸だと揺れて脱線する。僕！　いいものを見せてくれた、ありがとう」といわれ、貴婦人に寄りました。

ここでかおるのママが焼いていた焼きまんじゅうを頂戴しました。

昭雄さんは「ありがとう」なんていわれたことはめったにないので、びっくりしました。向こうで聴いた話をこちらで伝えて、喜ばれる・・・意外でしたが、これが人の役にたった初めての体験でした。

（それを聴いてかおるも「昭雄さんやったね」と思いましたよ）

昭雄さんはそこで分かれて貴婦人の店に入ってその話をしました。まだかおるを背中に負ぶったママが

「まあ、いいことしたのね、はいこれおだちん」

といって新作のカレーを昭雄さんに試食させてくれました。

（その作り方はかおるも、ママに習って知っています。とろりとしてるが、しばらくすると苦辛くなるのです）

昭雄さんも思わず

「苦い！　熊の胆、胃薬でも入れたの？」と聴きました。

「あっら、子どもの口には辛かったかしら、確かに薬膳でここの運転士さんの評判はいいのよ」とママはいったのでした。さらに

「このカレーに名前つけてくれる？」

ただでごちそうになったのだから、昭雄さんもそれくらい知恵をしぼらないといけませんね。

「では貴婦人カレーでどう?」と知恵を絞った割にはしごくまともな答えでした。

「いいわね、それ。これから貴婦人カレーよ」

でもこれで、人の役に立つって、楽しいことなんだ、昭雄さんは改めてうなずいていました。

(かおるの大好きな「貴婦人カレー」はこうして誕生したのでした)


塩梅先生はみんなに作文を書かせていました。

昭雄さんは作文は居残りで書いてることが多くありました。

ウソをつかないことと塩梅先生はいうけど、それはあせったりしてなかなか難しいからです。

脱線防止線のこと　三年二組　中橋昭雄
国鉄の線路には脱線防止線というのがあります。市内電車が駅南交差点で、あんまり脱線するので、運転士さんに教えてあげました。踏切の傍の脱線防止線も案内しました。
この運転士さんは、僕が線路に釘を置いたときにかんべんしてくれた人ですが、とっても喜んで、焼きまんじゅうをくれました。次の週にいってみたら、もう工事が始まっていて、脱線防止線が2メートルほど取り付けられてました。僕もうれしくなりました。

＊＊＊

釘を置いた話を書くか書くまいか、30分も昭雄さんは悩んだのでした。

第二話　ふらっとバス

（ふらっとバスって、かおるや高橋さんの娘さんがふらふらと店を動き回ってるから思いついたんだって！）

それから貴婦人には市内電車の運転士さんやら、バスの車掌さんも来るようになりました。

ところが、夏休みが終わって、たいへんなことが起きました。

同じ金沢市内だけど循環バスで20分、歩いたら小一時間もかかるところにある、材木町小学校が火事でまる焼けになったのです。

材木町には共同井戸というものがありません。ふきんには小川が流れているけど水量はわずかです。

消防団の人たちの努力もむなしく、木造の教室は全部燃えてなくなりました。残ったのは

ふらっとバス初代、日本向け改造の構想は貴婦人にて

運動場の楠の木だけです。

「え！　子どもらどうするの？」そして実際こどもたちが教室にやってきて、昭雄や幼馴染の初枝たちが、大慌てで机や椅子を運びました。

この火事は、駅前小学校や松ヶ丘小学校や此花小学校の校長先生たちの考えを変えました。

その頃どこの小学校も五組六組まであって、こどもたちであふれかえっているのです。

今まではどうして自分の小学校のこどもの数を減らそうかと、そればかり考えていたのでした。

しかし全校では新たに一クラスができるくらいやってきたのです。そうしないと子どもたちは野外授業ばかりになるでしょう。

他の小学校に追いやられた子どもが逆恨みで火をつけたという噂もありました。

（おお！　怖い）

材木町小学校の前の道は狭いのに、火事で焼け落ちたので柱や屋根が散らばっていました。

そこを通っていた循環バスは運休で、車掌さんは貴婦人にやってきて何やら外国語のパンフレットを眺めていました。

循環バスの車掌さんは、運休にとどまらず廃止になるのでないかと心配していましたが、一週間で再開しました。

その話を車掌さんに聴いた昭雄さんは、「よし」と思い立って乗ってみました。

駅前で乗って、松ヶ丘、材木、別院などをぐるりと回りました。

材木に来たときは120度の鋭角の交差点があって、そこを運転手さんと車掌さんが
「オライ！　オライ・・ピッピピッピ」

笛を吹きながらそういって回るのです。

コイルばねのバスはきしきし揺れて角の家の軒先ぎりぎり、今にもバキッとぶつかりそうでした。

しかも400馬力のエンジンは強すぎて、途中オーバーヒートも起こしました。

時には、実際に角のお宅の軒先を壊したこともあるそうです。

車掌さんは「ここは唯一市内で馬車しか通れないところだ！」と昭雄さんに愚痴をこぼしました。

こんな体験は初めてでした。

（かおるはそのことは忘れてしまいました）

ところが、冬になって雪が積もるころになると、材木小学校を新しく作るために、工事が始まって、その道がふさがれてしまいました。

循環バスは春にはとうとう廃止が決まりました。

（バス会社は、ワンマンバスにしたいのに、できないので廃止したのでした）

そんなある日、車掌さんが貴婦人で子どもたちに一枚のカタログを見せてくれました。

（かおるも見た気がします）

でも気まずいのです。

（かおるにさえピリピリしてるのが伝わったのでした）


そんなときにママが焼きまんじゅうのはみ出た部分をはさみで切って、油で揚げて山盛りで持ってきて

「どうぞ！　これは私のおごりよ。パリッとしておいしいわよ。ところで、このはみ出た部分・・・そこを何というのかしら？」とみんなの顔をみながら聴きました。すると

「このバス買えば循環バスも通れるのに」と

車掌さんは答えながら、

「その焼きまんじゅうのバリ、バリっとしていておいしい？」と聴きました。

「バリというの？」

「クルマのホイールを作る工場でもそういうよ」

そういって、車掌さんは元気になりました。

外国語で昭雄には読めないが、フォルクスワーゲンの小型のワンマンバスです。

ワゴン車の大きなものでした。高橋さんという方が辞典を持ってきてくれました。

車掌さんは、こどもたちに

「君ら、大きくなったら、このバスのこと紹介してほしい、車掌ふぜいがいっても会社は聴いてくれない」といいました。

昭雄さんは自分が役に立ちたいと思いました。

（そんなことがあって、冬どきにです。

ここが昭雄さんのかっこいいところです）

「未来の金沢市」という題で作文を書こうという塩梅先生の話がありました。

その作文の時間、昭雄は、何を書くのか考えたときに、あの循環バスの運転手さんとの約束を思い出しました。

「未来の金沢市」　三年二組　中橋昭雄

「未来の金沢市」を書こうと思って、土曜日久しぶりで貴婦人という乗り物マニアの集まる店にいってみた。バス会社の車掌さんは転勤されてたが、今どうしてるかわかった。

貴婦人で教わったままにバス会社の営業所を訪ねた。そこの詰め所で今は運転士さんになった元車掌さんに会った。

するとと小型バスのカタログは今も大切にしてるということだった。

「君が書いてくれるなら貸そう」といって探してくれた。

運転士さんの仕事が終わってから、一緒に小型のバスがドイツの会社で作っていること、でこぼこ道の多い日本と違って、コンクリート舗装のこと、スキーバスで雪道には強いことなどを英和辞典を借りて、調べて書いた。

例えば、左ハンドルとか、道路の舗装がしっかりしていない日本で使うときには板バネに直す必要があること、雪道でも走れること、ブレーキも雪道でも効くことなどだ。

サスペンションの板ばねとか「貴婦人」で学んだいろいろな知識が金沢市の狭い道には大切だ。

このバスをすれば狭い路地も大丈夫だ。値段は一台2600万円だそうだが・・・

＊＊＊

昭雄さんのこれまでの作文と比べると長いのです。原稿用紙数枚にもなりました。これが校長室のそばの掲示板に張り出されました。

これを最初に見てくれたのは、ＰＴＡのおばさんたちでした。

これなら、材木町小学校の辺りも通れるでしょう。さっそくその話を金沢市議会の議長さんにいいました。油谷議長さんは材木町の近くで油谷牧場を経営し、近くにはごりやという名の、市民が親しむ料理屋さんもあります。

高橋さんと議長さんはその話を市長さんにまでしてくれました。

そして市長さんは表彰状を渡してほしいと校長先生に頼んだのでした。

塩梅先生が最初に教室でみんなに披露してくれた昭雄さんの表彰状です。

（これがふらっとバスで昭雄さんが大きくなってから、大学の卒業論文というのに書いて、金沢の街を走っています。材木ルートと此花ルートといいます）

で、焼きまんじゅうのバリはそのあとどうなったでしょう？

乗り物ファンの子どもたちのおやつに、もちろんかおるの口にも入りました。

（昭雄さんは初枝ちゃんに分けてあげたそうです）

あとがき

きふじん中宮かおる氏がお店を夏場だけ再開されると聴いて、書き上げたのが本作品である。これを書くまで、私は金大の卒論は自分だけの力で書き上げたように錯覚していた。なんのその、あのお店の知恵の集大成であった。そこに気づけたところに私の成長もある。

中学編

小学校の卒業式で昭雄は作文の会の塩梅先生とも最後の別れをしました。すると、そっといわれました。

「もし国語のこととかで私に会いたいなら、香林坊の教育会館か、そこでなければ、傍のかっこうにいる」

「喫茶店ですか？」

「ああ、そこが国語研究会のたまり場だ」このときはじめて「国語研究会」というのが作文の会の本名だと知った昭雄でした。

「先生、俺作文は居残りじゃなかった?!」

「君は文は下手だが、見どころがある、だから来たら教えてあげる」


そして高岡町中学校の一年生になりましたが、本校には生徒があふれていて入れません。そこで、歩いて十五分ほどの長町分校というのが突然できて、そこに入れられました。古い古い校舎です。

サークルは本校だけで、一年生は事実上入れないので放課後は自由でしたから、雨の日は幼馴染たちと、清　少納言の枕草子という本から拾い読みをしました。「二九　こころときめきするもの・・・よき男の車とどめて案内し問わせたる」に（そうだ！　そうだ）と感動しました。また百人一首をしたことなどもありました。

しのぶれど色に出でけりわが恋は　ものや思ふと人の問ふまで（平兼盛）

初枝の事を思うと、どうしても昭雄の顔が青くなったり、赤くなったりしました。

（どうしよう！　何かないか）考えました。

国語の指導で、「行間を読め」といった塩梅先生のことばを思い出しました。

（塩梅先生に会おう！　歩いて五分だ）放課後、その足ですぐの教育会館に行きました。

ところが事務所で

「塩梅先生ならもうじきみえるから、一階の小部屋で待っていて」と女の先生が指差しました。一階に誰でも入っていい小部屋があるのでした。

入ってみたら小将町中学校の制服の女子が学校新聞を広げていました。火事で材木小学校が燃えたときにいっとき昭雄らの教室にやってきた材木の子らも小将町のはず、材木かもしれないと思ったら

「あ！　中橋昭雄くんだ。その節はありがとうございました」といきなり頭を下げられました。やはり火事の時にやってきた十人の中のひとりで、新聞部にはいったとのことでした。

「へえ、高中のもあるよ」

たまたま、高中の学校新聞もカバンの中にあったので、広げました。

「新聞部に入ってるの？」と聞かれましたが
「いや、一年生は長町でいけないから」

「そう！　残念ね」あれこれ比較しているうちに、昭雄の頭がひらめきました。

「各校の学校新聞部のメンバーを集めて、自分たちでコンクールやろう」

「あら！　それいいわね。私知ってるから声かける」

塩梅先生が顔を出し、あらましを言ったら賛成してくれ、場所を手配してくれました。

一週間がすぎました。

高岡町、小将町、泉、城南、野田、兼六、長田、紫錦台くらいだったでしょうか。みんな教育会館の二階のおんぼろ部屋の机に学校新聞を並べて自分たちで比較しました。

もちろん、高岡町の二年生にも声をかけてきてもらいました。

昭雄は学校新聞と関係ないがいきさつから、主催者をしてました。

参加者各自が採点しましたが、優劣はかなりはっきりしていました。

ただ、上位の順位では激論になりました。書いてあることをそのまま読むのか、行間を読むのか。

それでも第一位、小将町、第二位、泉、第三位は高岡町と決めました。

決まったのではなく、自分たちで決めたのでした。息をしたら胸がふくらみました。

表彰式がしたくなりました。おんぼろ部屋のとなりに事務室があり、先日の女性の先生がおられました。

「表彰状わけてください」といってみました。

すると、こちらにきて、覗いてから墨でくろぐろ書いてくれました。

「あなたたち、いいことしてるわね。あなた、お名前は」と聴かれて答えました。

先生がいろいろ教えてくれました。

「中橋昭雄君、君は、学校新聞のこと、誰に習ったの？　国語得意？」

「塩梅先生です」

「ああ、塩梅先生だったわね。なら、『行間を読め』とおっしゃたでしょう。作文はそうなの。記事にかかれてないことを「行間を読む」といって推定するの。でもね、書かれていることだけを見る考えもあるの」

「激論になりました」

「そうでしょう。日本文学は五七五とかで、これでは書いてあることだけでは、何のこっちゃで、推定しなければならないの」

「ええ」

「例えば、君『役人の児はにぎにぎを能く覚へ』という川柳の句があるんだけど」

「知ってます。役人の子どもはわいろをよく知っている、という意味ですね」

「そうよ、よく知ってたわね。でもわいろを知っていてどうするのかしら? 考えてみたかな」

「ううん、なるほど」

「いっぽう、新聞記事は正確さが要求されるから書いてないことを想像してはいけないの。数学の文章題もそうね。だから、リアルな書き方が要求されるの。これ時枝博士の話の受け売りなんだけどね」


二年生になって、本校に戻りましたが、サークルは違うところにしました。新聞部に誘われましたが、女子ばかりだから本音は好きだが、男子のやっかみがひどくなるからです。それに国語は好きだが、原稿書きでリアルな書き方はたいへんだし。

そんなときに、担任から言われました。

「今度、一年のときの君の発案を生かして、金沢市中学校学校新聞コンクールを始める。ついては生徒代表で審査員をしてくれないか。新聞部部員でないからなお都合がいい」

(えええ！　おおごとになった)と思いましたが「余の辞書に不可能の文字はない」と言い聞かせて、審査会にいきました。

場所は観光会館のりっぱな部屋です。

女の方が赤いバラを胸にさしてくれました。

大学教授や国語の先生方に混じって審査しましたが、喉がからからになって、結果は覚えていません。「書いてあることを読む！　それが時枝文法ではないでしょうか！」といったことは覚えています。その場で審査委員長をされてた先生の声がかりで、桜丘高校への推薦が決まりました。

百点満点

まだパソコンもスマホもない時代です。

中橋昭雄は中学校の学校新聞コンクールで、国語教師に誘われたままに桜丘高校に進学しました。

クラスメートには幼馴染の初枝がいます。

桜丘高校には玄関口から校門まで、長い坂があります。

その坂は初夏には樹の花であふれるのです。

しかし登校時にそれを見る余裕はなく、必死に坂をよじ登っての登校でした。

自分を励まして登り切り「ふう」と息をついてから、やっと心が和むのでした。

教室は遅刻坂の上のコンクリートの三階建て、新館でとても明るい部屋でした。

ところが、すし詰めで、体育館を間仕切りで仕切った教室までありました。


国語は、週に二時間は古文で若い女性の先生がみてくれました。テキストは枕草子です。

新学期の授業にあらわれたときは髪はボブカットで、ルージュもアイシャドウもいつも、服により異なるおしゃれな先生でした。

はじめて教室に来た時に

遅刻坂（金沢桜丘高校）

「吉田真由美といいます。今年大学院卒業の新米です。でも女の人は結婚すると苗字がかわるので、変わらないおしゃれなニックネームを募集します。今日の授業の最後に聴きます」といいました。

（この人は清　少納言だ！）と昭雄はぱっと決めました。

真由美先生は、大学の助手に内定していたのですが、生徒が急に増えて教員の数が足りないために三年間の期限つきで桜丘高校に赴任したのでした。

キンコンカンコンが鳴ってみんなが「リンゴ」とか「おかっぱ」とかいいはじめましたが、昭雄は口ラッパで

「清　少納言！」と叫びました。

「清　少納言！　もう一度言って」

「清　少納言」ちょっと声を強めました。

「それ素敵、君の名は？」

「中橋昭雄です」と答えたら

「君が中橋君！　名前は聴いてるわ、金沢の中学校の学校新聞コンクール始めたんでしょ

う」と近づいて、まじまじと見ました。

昭雄は真っ赤になってしまいました。

「皆さん！　清原の少納言のむすめの意味です」

（こんな人が姉ちゃんだと甘えられていいいな）と昭雄はそのとき思いました。

清　少納言の授業は古文のはずでしたが、なんとじきに授業の中身は英米文法のテキストが配られてかわりました。

これは不得意なので、一生懸命勉強しなくていけないのですが、一向にはかどりません。

だから
（清　少納言ってきれいだし素敵だなあ）と昭雄は見とれてばかりいました。
ところが清　少納言は怒って目を見て
「中橋君！　君何見てるの？」と問い詰めました。
「真由美先生に見とれています。お姉さんみたい・・・春はあけぼの・・・というじゃありませんか」椅子に座ったまま、しれっと答えました。
「ぷっ」と噴き出した清　少納言でした。

ところが、二学期には清　少納言の授業は古文に戻りました。

（なんでだろう？）

帰宅してから、学校新聞でお世話になった塩梅先生に電話して聞いてみました。かっこうという喫茶店にいるはずです。すると、

「桜丘高校では、受験対策で国語の時間にこっそりと英米語を教えていたので、それが教育委員会にばれたんだ」

「あら、真由美先生に資格がなかったのですか？」

「吉田真由美先生には英米語を教える免許はある。ただ、英語米語教育研究会に入っていないために、独自性が強すぎるということでおじゃんになった」

そういう話です。

昭雄にはわけがわかりませんが、それならもっけの幸いでした。

古文、こちらは昭雄は予習をばっちりしてあるので、授業は出なくてもわかるでしょう。

ある日、売店で頭脳パンというのを買って食べたら、裏の春日山が秋の花々でまぶしいのです。

♪秋は紅葉の唐錦、と美しき天然で歌いますが、とても豪華なお花畑が裏山でした。

「初枝！　行こう」

「うん、行こう」

午後の五限目の古文の授業をエスケープ、初枝と一緒に裏山に行きました。

萩を見たことがないので探しました。探しても探しても見つからなかったけど、秋桜の園が一面に広がり、一時間が過ぎたでしょうか。

初枝とふたり、肩を組んで思いっきり美しき天然や月の沙漠を歌い、キスしました。

授業はもう終わったかなと思って、教室に引き上げたのでした。

ところが、なんとまだ清　少納言がいるではありませんか。すぐつかまって
「なんでエスケープしたの、中橋君」といわれました。

「頭脳パンを食べたら、山がまぶしくて、萩を見たら頭がよくなるかと・・・」と正直にいいました。

「頭が良くなった？　じゃあ、今日の授業のおさらいできるかしら？」と口をとがらせました。

昭雄は慌てず、予習して暗唱したことなどをいいました。

「山は　をぐら山。かせ山。みかさ山。・・・・みかさ山は『天の原振りさけ見れば春日なる三笠の山にいでし月かも』と百人一首にあります。

これは奈良県の山で清　少納言は京都の方だから、びょうぶの絵を見て記したんだと思います。なお、三笠山は春日山ともいいますが、金沢にもその名の山があってそこが裏山だと思って・・・」

教室は爆笑の渦に包まれました。

清　少納言も「ぷっ！」と笑って

「はいこれ君の宿題」

続きをどっと出されてしまいました。

それでおしまいかと思ったら、

「次の中間試験で百点取るというなら勘弁してあげる」

（え！　それは一大事、死に物狂いで勉強しないと）

ぐうの音も出ませんでした。

高校で学んだ教室（三桜会館）

次に、初枝にもとばっちりがありました。

「安田さん！　その続き言える？」と清　少納言
「すみません、わかりません」と初枝は棒立ちになり、おろおろになりました。

泣きそうな顔です。

「エスケープする度胸があるなら、きちんと予習してきなさい」とだけいって
「今日はこれでおしまい」清　少納言は去っていきました。

（あれ？　初枝は宿題もないの？）と思った昭雄でした。

その晩から、必死に勉強しました。

それまでは山勘で一夜漬けでしたが、清　少納言が指示した範囲すべてを目を皿のようにして調べました。

すると今まで見落としていたところに気が付きました。

例えば「九十七段」で「かならず来ると思う人を、夜一番起き明かして待って、朝がた忘れてしまって寝入ってカラスがすぐちかくで『カアカ』と鳴く・・・」のを「いとあさましき」とあるのは「興覚めだ」の意味で、今でいうあさましいとは意味が少し違うのだ・・・とか。

＊＊＊

そのころ各地の大学で学生運動が盛んになり始めていました。高校でさえすし詰めをがまんさせられているのです。特別教室もありません。

それが少しずつわかってきて、もともと血の気の多い昭雄です。

自分も学生運動に参加して大学で、すし詰めの改革を訴えたいと思いました。

放課後集まったメンバーでがやがや話したときです。

「俺も学生運動やりたいが、そのためには金沢大学に入らんとなあ、でも成績足りんしなあ」

こちらも血の気は多い一年下の川君にそれをいいました。

「中橋さん！　一緒にがんばって金沢大学行こうよ！」といわれました。

（それは考えてなかった！　初枝も誘って一緒に行こう）

一念発起したメンバーで、受験サークルを立ち上げました。

遅刻坂の麓の神社で開いた結成式のあと、担任に報告しました。

この顔ぶれはとても金沢大にチャレンジできる成績ではないのです。エスケープは無論、遅刻はするし、それを注意されると
「遅刻坂があるからで、なければいい」

「坂の下にトンネル掘って、そこに教室つくれば。防空壕みたいだけど」などと補導の教師にいってるほどです。

だから担任は最初腕をぶるぶるふるわせて怒るそぶりでした。

しかししばらくして、気が変わったようです。

「偉い！　君らが一念発起するなら先生も付き合う。保護者にもお知らせしよう」と褒めてくれました。

ちなみに、この頃は学習塾はまだありませんでした。

そして数日後、保護者の声援が次々と集まりました。

ところが、初枝が
「昭雄君！　父がだめ、女は専修学校がいいって」といってきたのです。

見るからにしょげています。それでも
「母が参加される方の合格祈願にって」といってお札と色紙を出してきました。

(いかばかりの気持ちだろう)と思いつつ、

(これは本気を出さないといけない)そこで決意をし、どうすればいいか考えました。

「それじゃ、初枝。書いてくれ」しれっといいました。

「どう書けばいいの?」初枝は驚いて、でも立ち直りました。

「祈　合格・・、掘君、間君、川君、林君、中橋君・・・声援します。安田初枝って色紙に、これならずっと一緒だ」

昼休みにみんなで遅刻坂の下の神社に奉納しました。

放課後、昭雄は初枝を神社に誘いました。草息れの中で初枝は昭雄の胸にしがみついて泣きました。

(どうしよう!　そうだ!)

昭雄は抱きしめてキスをしました。案の定
「ありがとう、このキスを記念に大切にするわ」と初枝は笑っていいました。

(俺にしては90点のできだ)と昭雄は思いました。

清　少納言が、どこで聴きつけたのか、受験サークルの顧問を引き受けてくれました。

名前も「中橋組」と名付けてくれました。そして図書室で水曜日の放課後に集まり始めました。

清　少納言はやっぱりまるで姉ちゃんです。

たとえば袖のボタンがとれて、縫い目が破れたのも
「あら、中橋君、破れてる、ちょっと待って針と糸もってくるから」といってくれました。

これにはさすがに
「先生！　いいよ」と答えましたが
「いいから、上着脱いで、清　少納言これでも裁縫は得意なのよ」

糸と針をバックから取り出して縫ってくれました。

逆に清　少納言のスーツのひじが埃にまみれていたときには「先生、これ重曹で拭くといいよ」といって「君は物知りねえ！」と褒められました。

赤いルージュが目の前で、そんな清　少納言に、淡い恋心を抱いた昭雄でした。

それはしかし、やりすぎという声が英語の教員から出たのでした。学校での指導はできなくなりました。

「中橋君、国語教育研究会知ってるでしょう?」と清　少納言。

「かっこうですね、塩梅先生の」

市内電車なら夜の十時まで走っているので、もし遅くなっても大丈夫です。

「ええ、君のことは塩梅先生にも頼まれてるの。そこで話しましょう。あ、でも百点はまぐれではないでしょうね」

「清　少納言がそういうのならもう一回とります」

「ええ、自信あるのね。期待してるわ」

＊＊＊

それから毎週水曜夜、かっこうに行き、そこでコーヒーをおごってもらいながら、清　少

納言から指導を受けました。(他のメンバーも他のところでマンツーマンです)

「中橋君、どうやって二回も百点取ったの?」

「百点取らんといかんから、先生の言われた通りに書いて・・・自分の考えを捨てました」

「そう! 点取り虫じゃないんだ! あ、でも考えるのは大切だけど覚えなくていけないことも多いのよ。どうやって覚えたの?」

「うーん、道順覚えるように右に何があって、左がどうでと想像して」

「へえ、国語もそう?」

「例えば『驚く』という漢字はいかにも驚いたときのように片目や口元がポカンと空いていて」

「あら、面白いこじつけ」

「馬鹿というのも馬も鹿も最近までなかなか覚えられなかったけど、馬を見て『鹿だ』と叫んだという話を聴いて、馬の姿鹿の姿が目に浮かんで、比べておもしろいから『バカは馬鹿と書く』と一発覚えました」

「実に面白いわ、東大だって受かるわよ。受けてみる?」

「でも、あんなに勉強したのは初めて、疲れるからもういいです」心底くたびれていました。

「あらそう。でも英米語などそうして覚えたら。ここでなら、英米語も見てあげるわ」

（ありがとう）と心の中でつぶやきました。

薄紅色のスーツの胸のボタンをはずした中で左右にゆれるふたつのふくらみがまぶしく、姉というより大人の女性の匂いがしました。

しかし、そんな清　少納言はまったく違うことをいいだしました。

「昭雄君、君女の人って結婚したら苗字変えないといけないのよ、理不尽だわ・・・・・」といって押し黙っている昭雄に聴きました。

「今何考えてるの？」

「美人の女先生にキスしてと頼んだらしてくれるかなって」

「まあ・・・・、正直なのはよろしい。でも昭雄君、それはまだ無理ね」しかし内心昭雄を可愛い男の子だと思った清　少納言でした。

いっぽう昭雄は「昭雄君！」といわれてどきどきしました。

昭雄は旧い教育、旧い国語という塩梅先生のことばを思い出しました。

塩梅先生たちは自分が子どものときは旧字体の文、カタカナの文だったのです。

それが全部新しくなったのが今の時代です。それでも女の人の苗字のことはいままで通りでした。

その足で書店にいって探してみました。たしかに男女差別がいかに理不尽なものかが書かれていました。

中橋組でさえ「女は専修学校でいい」と父親にいわれて諦めた安田初枝がいました。まだそんな時代でした。


しかし、ついにある夜かっこうで、清　少納言が聴いてきました。

「春日山の野原のどこがそんなにいいの？」

「郭公が鳴いていたり。トンビがぴーひょろろと鳴いていたり」

清　少納言は目をくるくるさせました。

「それはいいな、私も君が大学入ったら連れていって！」

これには驚きました。胸がどきどきしだしました。

「えっ、本当ですか。いいですよ」

胸の動悸は納まりません。

しかし、次に

「君が大学入ったらよ！　だいいち君はエスケープなんて手抜きもいいところよ、それまでビシビシ教えてあげるから」といわれました。

昭雄は淡い期待をぐっとこらえました。

あいかわらず清　少納言に指導してもらってたある日、いつもかわいがってくれる、父の勤務先のT社のきく子奥様に呼ばれました。

（お菓子でも奢ってくれるんやろうか）期待していったのですが、バスに乗って店に行くと、あにはからんや、

「あんた、最近独身の若い女先生と喫茶店でべちゃべちゃしとるという噂やけど」と、いきなりいわれました。

「いや、それは金大の受験サークル作ったら、国語の先生が顧問をしていただいてるんです」

説明で汗びっしょり。

「そんならわかった。金大行くのなら私も応援するけど、いろんな人がみとるからね」といって、封筒に「奨学金」と書いて二万円入れて渡してくれました。ちなみに金大の年間授

業料が二万円の時代でした。

きく子奥様の話のことを次の水曜日に清　少納言にかっこうで聴いてみました。

「ここで、若い女の人とべちゃべちゃしてる、て！」

「あはは、そう見られたのね、彼氏のやきもちかな」

「先生、結婚されるんですか」

このときその気配を感じました。

「来春ね。この間結納すませたの」

しかし、最後まで親身になって受験のコツを教えてくれました。

古文など国語と英米語とは大きく違います。それと比例して国研の先生方と英研の先生方との考え方が違います。受験指導でも積極的な国研と自主性に任せる英研。他の先生方は中間でしょう。

その頃の昭雄は好きな科目、国語などは教師が使うタネ本を買ってきてまで見ていました。

いっぽう嫌いな英米語は赤尾の豆単くらいしか見てません。

「昭雄君！　あなた、きまぐれね。先生方の考えを理解してがんばって勉強したら」

きまぐれを指摘してくれたのです。

あっ！　と驚きました。

「君は、国文むきよ」と進路については言われました。

清　少納言は文科の国文を勧めてくれました。

「先生！　国文はいいけど、卒業したら教師か新聞社に就職でしょう、俺には向かんなあ」

「そう！　残念」

「それに文科って宗教じみた人たちが多いんでしょう」

「そうね！　よく知ってるのね。わかったわ」

次の週に経済の志望を清　少納言にいいました。

「経済なら存分に学生運動やれそうだし！」

「じゃあ、わかった・・・。もう君に教えてあげられることもないし、お別れね・・・・」

今日はリップクリームだけの清　少納言の唇でした。

「先生、お別れのハグしてもいい？」おねだりしました。

「ハグね？　それならいいわよ！」

そのすきに唇も盗みました！　百点満点だ！　しかし昭雄は別れの悲しみに落ち込みま

した。

次の朝、もみの木に雪が乗った遅刻坂を昭雄はとぼとぼと歩いていました。坂はやけにきつく、息がハアハア、身体は熱くなってきました。

すると初枝が「おはよう！」といって横に並びました。

確認書

プロローグ

１９６８年10月21日、ウクライナ民謡「花はどこへ行った」が流行る中、中橋昭雄は金つば和菓子を口に、自宅から夜行列車で東京に向かっていた。

金沢大学は後には学部を止めて、学類という。そのきっかけがこのときの東京大学でのできごとにあった。

この日は「安田講堂の封鎖解除を求める全国連帯集会」という一大イベントの朝だ。団塊の世代といって戦後生まれで一挙に倍に膨れた青年たちが、大学をめざしてきた。校舎も教官もまったく足りなかった。

教授絶対で、他学部の授業さえ自由には受けれない状態もあって、大学改革を求める運動が起きた。

またこの日は国際反戦デーで試験休み中の金大の学生たちがぞくぞく赤門をくぐっていた。

昭雄は自宅通学だが、こんな旅費は親にはせびれないから初恋の初枝に汽車賃をカンパしてもらってやってきたのだった。

「昭雄君、私は君を蔭ながら応援するのでいいの。お金いるなら他の女の人から借りないで、私にいって。用立てるわ」

花屋のもう経営者だったから、お金を左右できる。しかも、民青に理解があった。ただ、跡取り娘で、長男である昭雄とは添えない。

安田講堂というのは赤レンガの四階建ての建物で、三階、四階には東大総長や事務室が並び、東大の中枢部分であった。そこが占拠され、鉄パイプやこん棒を持っていて、入り口には他人は近づけない。

安田講堂の前の広場には民青系の再建全学連が建てた立て札があって、「北信越」の地に昭雄たちは座り込んだ。外人部隊と言われるが、東大で何が起きてるかの興味のほうが大きかった。

そこへ、ぽん女、とん女、お茶の水、略して三女の総務委員がそろって、広場のなかに割り込んできた。

木の葉模様のワンピースの、少し日焼けはしているが場違いに上品な若い女性たちだ。

「責任者の方おられますか」とそのひとりに聴かれて、一年生の昭雄がしぶしぶ手をあげた。

「はい、あなたですね。お名前は？　中橋さん！　下のお名前は昭雄さん！　はい承りました。あ、信任状お持ちですか？　どうぞついてきてください」

テントでの話は、書記長からで、ようするに信任状を出すほどの自治会の幹部は今日一日で帰るのではなく、長期戦の兵糧攻めに参加してほしい、ひと月ほどの見込みだが、残ってくれると後続が来やすいという説得だった。

「もちろん、残る方の世話はさせていただきます。炊事・洗濯も係がいます」といった。昭雄は
「わかりました」とひとことだけ答えた。

これではいつ金大に帰れるかわからない。つまり留年も覚悟しないといけない。胃の腑がぎゅうとしまった。


その後一万人もいるかと思える安田講堂の前で、先ほどの女性が、

「加藤です、東京女子大日本文学専攻四年、これから北陸のお世話申し上げます」といって昭雄の手を取って、トイレや水飲み場を案内してくれた。

途中で昭雄は聴いてみた。

「加藤さんだけじゃ、いっぱいいるけど下のお名前は?」

「それは教えない」といったん断ってきた。

「あらずるい! 俺の名前は聞いただろ」と昭雄がいった。

「では、隊長さんだから」といって、「文子」のメモを渡してくれた。(ふみこなら隠さないだろう)

「あやこさん?」と聞くと、嬉しそうな顔したが、こんどはややうつむきかげんになって
「私、本当は自分の名前を教えるのはこの人! と決めた方だけなのよ。だから、他の方にはふみこといって。でも隊長さんが決まったら、どんな頼みでも受けること! といわれてます」といった。

「じゃあ、キスしてといったら?」と昭雄は冗談ぽくいった。ところが色仕掛けでまで、隊長を引き留めないといけないほど、せっぱつまっていて頬を寄せてきた。

「お住まいは?」

「田園調布」

「へえ、いいところだ。一度お宅を拝見したい」

「ぜひいらして、私の手料理も紹介するわ」

しまった！　こういうところのお嬢様は、これ以上からかっては、後がまずい。話を切り替えた。

「文子さん、ノンセクト？」

「え、わたしらは協会派です。でも封鎖反対で一致です」

「ぽん女も、お茶の水も？」

「ええ、わたしらは皆協会派です」

「皆さん、自由恋愛なの？」つい聴いてしまった。

「自由恋愛素敵ですね」

封鎖という乱暴には反対で、ここは民青と組もうと考えたのに違いない。

文子はしきりに、金沢での昭雄のことを聞きたがった。

「あなた、民青の幹部の方？」

「いえ、加盟してますが、教養部代議員会議長です」

「でも、書記長から、重要な幹部だから、丁重に、と頼まれたわよ」

「責任者から信任状もらってきたからでしょう、それより女子大ってあるけど、男子大ってないよね。ジェンダーのこと、女子は短大で自宅通学がいいとか」
「そう！　私も京都にしたかったのに、女は家からって」
文子は、おさんどんに満足しているわけでない。そりゃ、クラスメートの現状は飯炊きが関の山だが、ここに座り込んでいる地方の男子たちともっと交流したかった。そんな折に何の気もなく北信越のところで
「♪学生の歌声に　若き友よ　手を伸べよ」と国際学生連盟の歌を口ずさんだ。昭雄が振り返って
「♪輝く太陽　青空を　再び戦禍で乱すな」と続けてくれた。すると、辺りにいた学生もみんなが
「♪我らの友情は　原爆あるもたたれず　闘志は　火と燃え　平和のために　戦わん」と続け、肩を組み始めた。文子も昭雄と肩を組んだ。
「♪団結かたく　我が行く手を守れ」
二番三番を歌うころには、広場全体に歌声がこだましていた。（ヴァノ・ムラデリ作曲　東

大音感合唱団訳詞）
文子は、確信した。
（そうだ、これが私の琴線なんだわ）

一週間後の朝、学生が少なくなった。

そのすきすきの学友の間で昭雄が座り込んでいたところへ、文子が三人の男子を連れてきた。皆金大教養部の代議員だ。

金沢大、それと岡山大は代議員会幹部がここにきていたので、残された代議員たちが、クラスメートを引き連れて、連日後続がぞくぞくとやってきたのだった。

キャンパスの銀杏並木はあざやかで、木の葉がひらひら、ひらりひらと舞い落ち、とても封鎖されているとは思えない。持久戦になって、座り込みの隊列が数千人残っていた。

文子が金沢からきた男子たちと談笑していた。

「ま！　うれしい」という声が聞こえた。

「どうしたの？」昭雄は傍に行って聞いたら
「この方たちとお話しが合って」とつぶやいた。昭雄が見たら、協会派だ、なるほど！

文子がそのまま行こうとしたのを、さらに後ろから思い切って大声で聞いてみた。

「ねえ！　あやこ」すると、文子は振り返り
「今、あやこと呼んでくれたわね！　何、昭雄さん」といって戻ってきた。

「協会派って、民青と違うだろう？」

「何、無粋なことをいうのよ。そうよ！　そのとおりだわ」

「俺、民青だよ。世話してくれて矛盾ないの？」

「昭雄さんの後を追って金沢から来られた方たちと話してみてよくわかったわ。ノンポリの方、協会派の方、民青派だけではないわ」

「そうか！」

「でもいつか金大にいって、理論闘争で粉砕するから覚悟して！」昭雄の目をじっとみた。

何秒だったろう、そのあと木の葉模様のスカートを翻して並木道に消えた。

さらに二週間後金大から、今度ははるかと真紀が着いた。

このふたりは、以前昭雄が夜の金沢城のデートに他の女子を誘ったときに、女子寮で聴きつけてついてきたことがある。

ふたりは安田講堂の広場にいた昭雄たちに、「芝ずし」を配りはじめた。

するといきなり昭雄に、そこにいた文子は呼び止められた。笹包みをほどいてほおばっている。

「俺、これ一番好きなんだ」

「それはよかったわね」と文子がいった。

そこで金大のふたりが顔を見合わせて口を合わせて叫んだ。

「中橋さんのお宅に電話して、好物聴いてきたの」

これには昭雄も黙り込んで、口を開いたときには
「代議員会も開かないと・・・だから金沢に帰る」という。文子らはあわてた。

「代議員会って代わりはいないの。全部で何人？」

「教養部は二千二百人で、副議長いるけど。経験少ないし。それにこのままだと、俺留年だ」

「それは大変ね。いつまでいていただけるの？」

「今夜にでも帰ろうかと」

（エッそれは唐突な）

「ちょっと待って、二日ほどいただけないかしら」

「わかった」

冬も近い。文子には止める術はなかった。

金沢が帰ったら、岡山も引き上げるだろう。すると地元だけになる。その善後策を書記長と相談したかった。

翌日午後、中橋昭雄さんや他の大学の責任者を招いて、総括会議を開いた。その場で、封鎖派が成果がなく分裂したことと、それを踏まえて座り込みのいったん中止が全学連委員長から宣言された。

金沢に帰った昭雄はその足で登校し、並木道が懐かしい。しかし、すでに生物で出席日数が足りないので、留年が決まってた。

第一章　大学祭

受験生ブルースが大流行していた１９６８年だった。

このころ、日本はＧＮＰで資本主義国第二位になっていた。それに伴い、大学進学者が急増、しかし学舎も教官も全く足りなかった。

とりわけ助手の待遇が悪い、無給者までいたことがあいまって東大では医学部が、既に無期限ストライキに入っていた。が、城内の金大はまだ静穏だった。

とはいえ、学生会館管理闘争などがその根を広げていた。

金沢大学教養部・・教養部とは全学の学生が一年半か二年間学ぶところで、四階建て、自治会室は三階だ。

このときの教養部自治会は委員長が任務放棄していた。

だから代議員会24クラス48人での討議決定が格段に増加した。

昭雄は一年生ながら議長を引き受けた。最初の代議員会ではまずI副委員長が提案した執行委員を承認した。目の丸い原田真紀とタマゴ顔の山里はるかは会計と記録係だった。はるかは

「私、地獄耳やから、記録する」と叫んでいた。

金沢大学教養部学生大会

昭雄は地獄耳ということばを新鮮に受け止めた。

代議員会が終わって、自治会室に戻った。すると、はるかがいきなり、昭雄に向かって叫んだ。

「東大闘争連帯？　は！　あんたらの世界は仮初めの世界、絵空事や、バベルの塔や。私付き合う気はないがやと」

「記録はしてくれるんやろ？」

「ただ、何があったかだけ後世に残すがやちゃ」

また真紀は

「一円でも無駄遣いはせんといて」といい、例えば学生会館で毎日配るフライヤーも何枚印刷するか真紀にお伺いが必要だ。だから執行委員会は、真紀とはるかが到着しないと始まらない。

そんな状態で秋の城内大学祭の実行委員会が始まった。法経文、教育、理学部とサークル協議会が参加で教養部からは昭雄達、真紀とはるかも参加した。

学生部職員の寺井さんもそこに参加されてた。

まず実行委員長に教育の高宮和男を選出した。昭雄にとっては桜丘高校卒入学の一年先輩だ。高宮は、大学祭の主な会場は教養部の校舎だという。

「私、サークルの部屋割りしたけど、今年は学生の人数が多いがやろ」とペンギンさんという女子がいった。

「ええ、そうです」と寺井さんが答えを引きとった。

「ほんなら教養部と理学部は続きの建物でヨの字の形をしておるから、続けて部屋割りできんがけ」

ペンギンさんが、誰に云うとなく続けた。

教養部と理学部は各階がつながっていた。

理学部の院生が、寺井さんの顔をみてから「コホッ」とせきばらいし、ペンギンさんのほうを向いて答えた。

「去年まではできたが、今年は危ない、というのもそこは放射線管理区域になったのです」という。

教養部自治会がラジオアイソトープの課題にはじめてつきあたったときだ。

重要文化財だらけの城内だ。屋根があっても大学祭に使えない施設も多い。ただ、教養部と学生会館とは離れていて、途中石段もあるが、テントを張れる踊り場は数箇所ある。四階では、誰も行かないだろう。

しかし、そのテントが確保できてない。このままでは野ざらしの模擬店を並べることになるだろう。すると条件のいい部屋の取り合いになる。それはまずい。昭雄は、思い切っていってみた。

「教養部の中橋昭雄です。テント探してみます、いるのは何張りですか?」

「20張りいるがあるかな、Nテントはないといってたぞ」と寺井さん。

「Tテントに聴いてみます」父の勤務先だ。奥さんから、「あんたの頼み事ならなんでもしてあげるわよ」とふだんから言われていた。

「中橋さん、お代は?」と真紀が釘をさしてきた。

「お金はお願いできますね?」

寺井さんが頷いた。

「電話するのでちょっと待って」

確認して、隣のロビーでTテントに電話した。

「こんにちは、中橋昭雄です」

「おう！　お父さんかい？」

「いえ、きく子奥さんに御願いが」

「わかった、奥さん電話、昭雄君から」

用件を伝えたら、即答で
「わかった、何とかする。17・18個は手元にあると思う、足りないのは、他から借りてくる。

金大のためだもの」

（在庫知ってるんだ！）いっしゅん舌を巻いた昭雄だ。

きく子奥さんはすばやかった。

「金大に出すのにボロは出せれん」とテント20張りを新調、父たちが夜なべ仕事を続けた。

タカをくっていたNテント社があせって割りこもうとしたそうだが遅かった。

大学祭の前日の午後三時きっかりに、Tテントのマークの入った真っ白なテントが届いた。

「T、新品出してきたな、これはきちんと話しせんといかんな」と寺井さんがつぶやいた。

学生部長のF教授と相談したら、買い取りを指示された。

「20張りで学生のもめごとの種が消えればこんな安いものはない」ということだった。

その結果、学生の間では大学に頼み事ができる執行委員会という評判にもなった。
いっぽう昭雄はきく子奥さんに
「あんたの嫁さんは私が探すね」とまでいわれた。つい初枝を思い出した。

大学祭で大変なのはクラスのほうだ。

ガスボンベや水をつかうところをそれぞれ一か所にまとめ、さらに来客の動向も予想して部屋割りを決めなくてはいけない。

それをはるかと真紀に頼んだ。

「中橋さん！　なんでわてら女子に？」

まだ女子に企画は無理と思われていた時代だ。

「女性のほうがきめ細かだろう、それに君たちは全体の計画も知ってるし。ベーベルの婦人論のとおりだよ」

こんなとっぴな昭雄を面白いと思った真紀だった。看板用ベニヤ板を自治会室に運んだり、模造紙やカラーの押しピンを買ってきて備え、各クラスに連絡して喜ばれた。

「中橋、うちのクラスどうするんや」全体のことにかまけていて忘れかけていた。経済の教室は三階、煮炊きはできない。

期日が迫っていて、大掛かりな準備はできない。ここはきまぐれ風で考えてみた。

「そうだ！　美人コンテストだ！　といっても経済のみんなは俺と違って、知ってる女子学生も少ないし・・・」

（真紀やはるかは反対するだろうなあ）

ふっと叔母がサユリストで、近所の看護婦さんがコマキストなのを思い出した。

サユリストとコマキストの投票、男子ばかりのクラスならではのアイディアだろう。

さっそくベニヤ板を自治会室から借りてきて、そこに模造紙を張り、サユリストとコマキストの欄を作って、縁取りした。マジックで「正」の形に書こうか？　と思案した。

真紀とはるかがそれを見に来て

「これなら面白いがいね」

「カラーの押しピンを刺して、がええよ」といった。なるほど！　シールのない時代だ。

自治会室の押しピンをもらった。（ちなみに20年後同じ形式のボードにシールを持ってきて貼ったのは国会音読のKさんの若い頃である）

クラスに来た人はみんな面白そうにピンをさし始めた。

金沢圏、高岡圏、その他に分けたのが、金沢がコマキストが多い。顧問の教官がきて見たら「なるほど！　金沢は映画館が一番館だから流行が早い」と感心した。「栗原小巻さんはデビュー1963年で、吉永小百合さんは1957年。宣伝が早くからの違いだろう」といって教官は写真を撮り始めた。

「先生、それもあるけど金沢民青強くて、民青にコマキスト多いから」と叫んだ昭雄だった。

児童文化部は、人形劇「あかいねこ」、学生会館2階ホールの舞台だ。後ろ半分は紙飛行機の会、だった。

「うたう会」が外で野に咲く花はどこへ行ったなどを演奏していた。昭雄はここの会員で肩書だけだが統一戦線部副部長だ。

変わっていたのは演劇部「らくだの会」で、教養部の、三百人は入るB14階段教室を使って、らくだとお姫様が「月の沙漠」を踊った。お姫様がセリフを度忘れしたんだけど、いつも月の砂漠をかけて練習していたんだそうな。

ペンギンさんたちは、喫茶店ル・シャトーの隣のロビーでグリムの童話を原語で読んでいた。これを機会に昭雄はペンギンさんにドイツ語を習うことにした。

大学祭で、4階を使わなかった自治会に各クラスから賞賛が相次いだ。

その総括に学生部長のF先生と寺井さんも参加された。

「テントはなんとか手配できたけど、なんで学生が簡単にたちいるところに放射線管理区域があるがけ？」

はるかが真っ向から尋ねた。

「わてら、しょっちゅうデートにつこうとる」と真紀。

「じつは癌研のラジオアイソトープが、癌研の紛争で危ないので理学部に移してある」とF先生。

「TNT火薬1キロトンの威力でも、地震なら全学吹っ飛ぶでしょう？」

昭雄は元工学部志望の知識を披露した。

「わたしら、そんな危ないとこで授業受けとるがけ」

ペンギンさんが目を丸くした。

「そのことの周知徹底は遅れていた、対応する」とF先生。しかし、放射線のことはこのときの学生の大きな関心にはならなかった。

でもペンギンさんは「中橋君って頼もしいわね」といってくれた。

ちょうどそのしばらく後、闘いに勝利した経験に学ぼうということで、市会議員を招いて学習会が開かれた。

昭雄はその場で
「実は、理学部に放射線管理区域があるんです。そこの廃水が大手堀に流れ込んでいるんです」と伝えた。

大手堀の隣は大手町でビジネスホテルがあり、住宅も多い。また子どもたちは大手堀でつりをしていた。

はるかも真紀も
「わてら、そんな怖ろしいとこで勉学しとるがやちゃ」

「こないだまで、知らんとそこでデートもしとってん」

口々に訴えた。

それを聴いてくれた市会議員は
「わかった、金沢市の担当者に伝える」といってくれた。それを聴いた係の方は念のためと思って、大手堀の水を、バケツで汲んでビーカーに入れ、ガストモグラフィで分析してみた。あんのじょう微量だがポロニウムなどラドン系列の物質が検出された。大手堀には元来ないものだ。この結果はただちに金沢大学と教養部自治会に伝えられた。

「ポロニウム？　84番、ウラン由来ですね。マリー・キュリーが発見したもの」と昭雄。

「君良く知ってるね、そうだ」と大学の専門家が答えた。

今は平常だが、特別の金庫があるでなし、地震がくれば一発爆発だろうと思った昭雄だった。

数日後「ラジオアイソトープはもっと安全なところに移したので、放射線管理区域は解除した」という話しが学生部から伝えられた。

第二章　自衛隊機墜落

「ケンスト　ドウ　ダス　ラント・・・（君知るやかの国・・・）」というゲーテのミニヨンの一節が聴こえた。あれはドイツ語研究会のペンギンさんの声だ。

「戦争と人間」の予告編が席巻していた1969年になった。吉永小百合と栗原小巻の共演が見ものだ。

そんなときにジェット戦闘機が金沢市内に墜落して、死者が出た。金沢大学50年史にいう（640p）

1969年（昭和44）年2月8日、金沢市泉2丁目の江戸時代以来の旧街道に自衛隊のジェット戦闘機が墜落し、住人および建物に多大の被害を与えた。（死亡者4名、重軽傷者18名、全焼・全壊14戸、半壊・半焼10戸）

午後の三時ごろだったか、金大の男子寮、泉学寮の上空数メートルのところを落ちていった。暖かい冬で、屋上では干し物をしていた男たちもいた。

機銃掃射かと思ったら、雷鳴以上の轟音がとどろいた。

寮長たちはタクシーで教養部自治会室にやってきた。部品が寮の屋上にまで飛んできていたという。

「死んだ人は?」「けが人は?」

「泉学の建物はだいじょうぶ?」

「手の空いてる人はみんなすぐ行って!」

そこにいた高宮全学連執行委員が叫んだ。

その当時の泉学寮は、自称コマキストたちの拠点で怒りの声をあげる。そこに警察が踏み込むとどうなるか。

寮長には、いっとき泉学寮まで引き返していただいて、混乱がおきないないように対処してもらわないといけないが、対応するにはサポートが必要だ。

この時代は、学生運動に対して警察は厳しく、私服刑事が毎日学内に入り込んでいた。

とくに、ル・シャトーに続く学生会館の談話室は狙われていた。

ル・シャトーは大学生協の経営なので、組合員以外は立ち入りできないから警察官は来ない。ところが談話室は細い廊下をへだてただけで、ほとんどル・シャトーの続き然としているが、警察官が入ってくる。

ふだんからコマキストやサユリストと言い合っているのも、私服刑事に話の内容を摘まれないためだ。昭雄については、井田という刑事が四六時中尾行するので閉口していた。城内には戦前の治安維持法で捕まった先人の牢獄跡まである。

だから、寮生も警戒感は強い。

このことで、城内の金大はまだ静穏だったのが、いっしゅんにして変わってしまった。

はるかと真紀が「学生部にいくわ」といって坂を走って登ってかけつけ、寺井さんに事態を伝達した。

学生部はタクシーを呼んでくれて、その足で全員泉学寮に行き、寮生に「大学の自治を守れ、捜査令状がない立ち入りは認めない、これが大学の方針だ」と連絡した。

同じころ、無線通信倶楽部のアンテナから「ただいま泉学寮の前の線路わきにジェット戦闘機が墜落しました」という放送があった。これで、城内は騒然としてきた。

昭雄たちもタクシーでかけつけた。

泉学寮の屋上に登ってみた。

焼け焦げたジェット戦闘機の胴体がちぎれて飛び散っていた。

すぐ目の前のキャベツ畑に中署の機動隊のヘルメットをかぶった警察官が数十人動いている。消防隊もいる。

その向こうは住宅地だ。死者四名、重軽傷者十八名だ。

死者が少ないのは、ちょうどその時間、町内会で温泉にいっていたのだとラジオでいっていた。

金沢大学50年史が指摘するように、ここは藩政時代からの旧街道だ。

戦災にあってないから、木造家屋で燃えやすい。

だから金沢市内に48ある消防分団のほとんどがここに集結して消火に当たった。救急車が出発していった。

やっかいなのは戦闘機の燃料だ。水をかけることができない。消火剤が必要だがじゅうぶんではない。

あたりは、灯油や軽油があふれたときと同じつんとした匂いが立ち込めていた。ジェット燃料のケロシンだ。

火がつくと爆発炎上する恐れがある。

昭雄は個人的にはもともと工学部志望だったから、こういう匂いは好きだ。しかし、今はそんなことをいってはおられない。みんな呆然としている。これはいけない。

まず寮長に言って、禁煙の通達を出してもらった。念のため各自が吸ってるたばこ、ライターはすべて回収で各部屋を回った。白金懐炉も大量の水につけて一気に冷ました。

停電中だが電気コンロ、暖房もしばらくはがまんだ。

さらに線路向こうで火が出た場合に備え、バケツを集めて水でみたして玄関に並べた。

幸い、寮生の食事の用意は済んでいたが、厨房も一時閉鎖、係の炊夫さんに電話した。

消防士がやってきて、寮の対応を確認して、「よかったあ」といって消火栓を開いていった。

昭雄たちは拾った破片を手に城内に引き返して高宮たちに報告した。

自衛隊が回収しているらしい、と高宮にいわれた。

高宮が
「夜、緊急の全学連行動委員会を招集する」と告げた。電話を各学部自治会幹部にした。自治会活動有志で作っている行動隊で中心は東大闘争参加組みだ。

墜落した戦闘機の機種はＦ４Ｊファントムだ。乗員はパラシュートで脱出していたが、当然ミサイルを搭載、20ミリ機関砲があるから実弾も装備している。

これが爆発するとキャベツ畑に留まらず金沢市内南部の住宅地の広範囲が危険にさらされる。しかし、情報は公開されず捜査も極秘裏に行われていた。

行動を起こさなくてはいけない。

教育学部ではストライキを提案すると高宮が宣言した。

執行委員会によるストライキ権確立投票が行われ、投票総数513票、うち賛成票285票、過半数で確立した。

文科は革マルの執行部だが、やはりストライキを提案するらしい。

二月十五日、そのストライキは決行された。文科はバリケードを築いたが、同じ校舎を使う法科、経済の反感を買って撤去。全学集会にも入れさせなかった。

教養部はなんせ千人以上で、簡単には学生大会は開けない。緊急の代議員会を開いて相談した。

代議員会で先頭になれる昭雄たちが行動を呼びかけるしかない。各クラスでストライキ討議するよう呼びかけた。

それで十五日の晩の全学集会は三百人の階段教室がまったく入りきらないほど集まった。

廊下の奥までも埋めつくしている。大学院生協議会たちの連帯メッセージが読まれた。この集会とデモではいつものような「東大闘争連帯」のスローガンを入れず、「自衛隊機の金沢市内墜落糾弾」「大学の自治を守れ」「自衛隊は被害者をすみやかに救済せよ」に絞ったのだった。

そのせいか、コマキストだけでなく工学部や薬学部などクオーターやさらにはノンセクト、ノンポリからも参加が非常に多い。

ブルーのリボンを胸につけている演劇部らくだの女子たち。うたう会や児童文化部もサークルとして参加。

集会ではクラス決議をあげてきたという報告があいついだ。議長団の昭雄はその顔ぶれを見て頷いた。先導してるのは東大闘争の体験者が多い。

集会が終わって、デモの隊列が教室が並ぶ教養部横の通路に集結したが、ぜんぜん入りきらない。

運動部がグラウンドを開けてくれた。

デモを始めたときに、はるかと真紀が数えたが二千人の隊列を超えていた。

城内の坂を登って左に折れ、学生部の前を通って石川門に出たが、その間も割り込む学生が多かった。

兼六園の横の坂を降りて中警察署の前で右折して香林坊に向かった。

さらに学生だけではない。

大学院生協議会、助手会がそれぞれ決議を上げてデモに合流してきた。助手は院生とは違い教官だ。驚いた。

そしてさらにF先生はじめ教授たちもいた。教職員組合で決議をしたのだという。

先頭の高宮が中署の交通係に事態をつげ、整理のため急遽機動隊員が二十人ほど出てきた。

先頭が県庁前を右折して、市役所を通って香林坊の繁華街に入っても、末尾はまだ城内だ。

香林坊では教育会館から教師たちがぞろぞろ出てきて死者を出したことに怒っていた。

「市民を守れ！　国は早急に対処せよ」

隊列は香林坊から武蔵が辻に向かった。

金沢のメインストリートがデモの隊列で小一時間片側交互通行をしていた。

デモはここで解散し、学生たちは武蔵が辻からさらに大手町を通って、大手門から城内に戻った。

昭雄たちは夜の解散集会で国際学生連盟の歌を歌った。

♫学生の歌声に　若き友よ　手を伸べよ
♫輝く太陽　青空を　再び戦果で乱すな
♫我らの友情は　原爆あるもたたれず
♫闘志は　火と燃え　平和のために　戦わん
♫団結かたく　我が行く手を守れ

二題め三題めを歌うころには、全学に歌声がこだましていた。そのあと、高宮が叫んだ。

「この闘いは普遍的なもので、学生が孤立しているわけでない！　そのことをお互い実感できた」であった。

第三章　恋人の日

6月12日のことだ。

昭雄が二年生になって、学生自治会の代議員会議長をしていたとき、なじみのカップルが「結婚するから式の実行委員長してほしい」といってきた。

「予算は?」軽く聴いたのだが、なんと!

「俺のアルバイトのこれだけ、2万円でなんとか」と。

「ご両親の援助は?」

「ありません」

(えっ?　かけおち?)

「ご両親は参加するの?」

思わず聞き返した。

「それは大丈夫」

しかしこれはきっと、かけおちに近い・・・親にふたりでやっていきますと啖呵を切って援助がないのだろう。

しかし、いくら物価の安いこの時分でも会場費、花かざりなどで30万円かかる。

会場をまず自治会の主催でと頼んで学生会館を借り、これで無料にできた。

2万円はビスケットやチーズなど安い食べものであげ、新郎新婦の衣装は演劇部らくだの会に借りることにした。

演劇部長とは自治会では対立してるが、わけを話したら笑って「がんばれ!」といってくれ、当日は着付け係まで出してくれた。

花飾り、ブーケが高いが、学生会館下の生協の喫茶室に昭雄はいき、なじみの店員に「花屋の余った花をただでくれるとこ探して」と頼んでみた。

「そんなもうからない仕事引き受けてくれるところありますか?」というので

「きっと英町の四つ葉花店に金大生協と取引するチャンスだから、といえば、乗るはず」と答えたら。

「じゃ、電話するから話ししてみてください、番号は?」という。

「ああ、ありがとう。・・・ああ、初枝、お久しぶり、ところでダンスホールの花余らないかなあ。2万円で結婚式やって、と頼まれて」

「必ず余るわけでないよ」

「俺の頼み、何でも聞いてくれるんだろう」

「あんた、ばかね。まああんたのことだから手配するけど。私とのことは反故にしてるくせに」

「ありがとう、いずれお礼にいくから」


ブーケに双方の両親への贈答用花束、さらに各テーブルの一輪挿し用の花、初枝はひとりでアレンジして、軽トラで運んでくれた。

それを喫茶室が受け取り、牛乳瓶にアルミホイルを巻いて、さらにコーヒーをさしいれてくれたが、喫茶室の女子連はともかく上司の男性は自治会では昭雄らと鋭く対立しているのが、こちらもそれとこれとは別だといってくれたのであった。

結婚式終了後、双方の親御さんが「本当に式できるか心配してたが、こんなしっかりした友人がいるなら安心だ、ありがとうございます」といい、そして「花屋さんと演劇部にお礼をしたいから、案内して」と頼まれた。

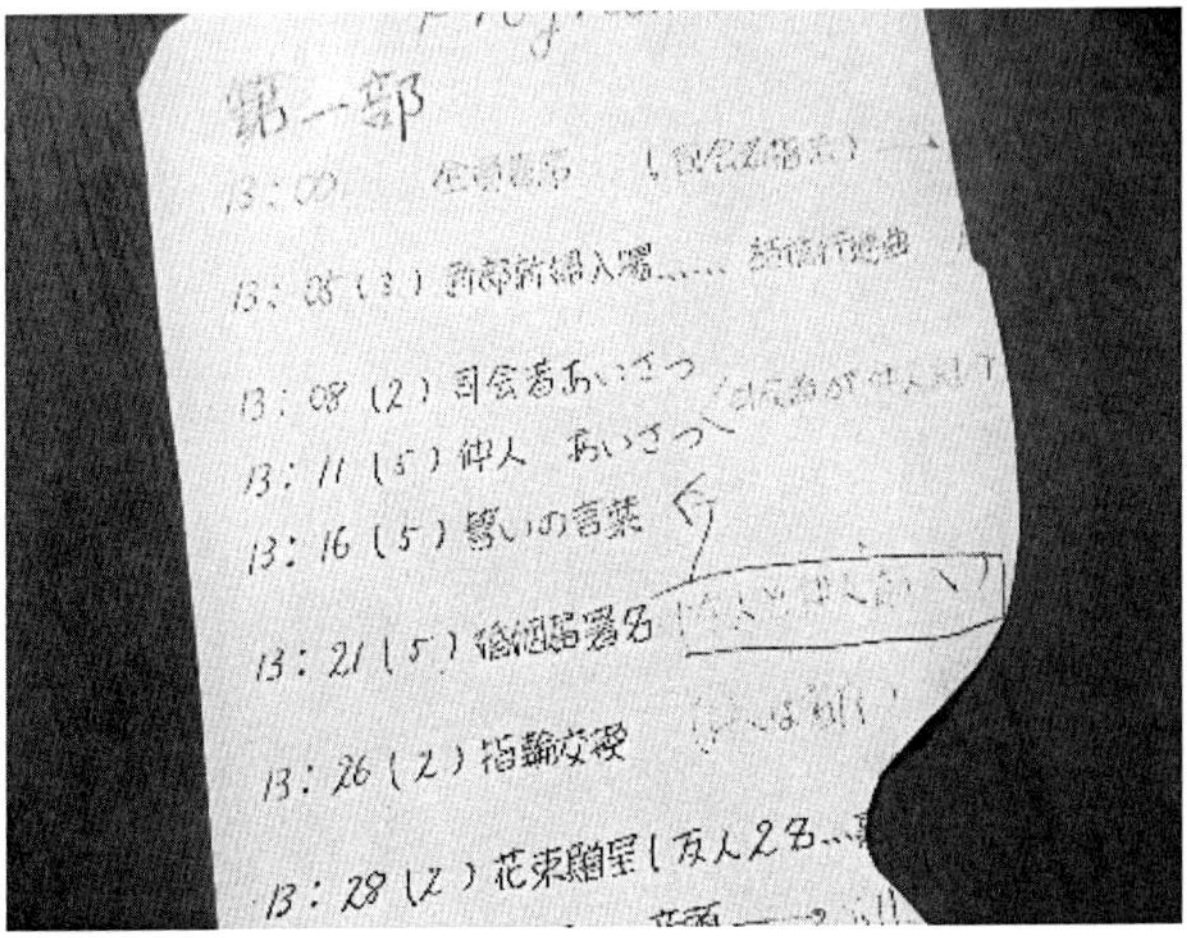

学生結婚式進行表例

確 認 書

「いや、志だけでいいと思います。花屋も金大生協ともつながったし」
「それはそうでしょうが、ひとことといわないと私らが恥知らずになります」といわれ
「では私もお礼にいく約束なので」
演劇部に行く組は着付け係に頼んで二手に別れ、昭雄は石川門の外でタクシーをつかまえた。10分で英町で初枝は正装の夫妻が入ってきてびっくりしてた。
ご両親は
「今日はお蔭様できちんとした式になりました。あの、これは筋違いかもしれませんが、納めてください」といってお祝儀袋を出してきた。
初枝は中を確かめ
「こんなにたくさん・・・では、予算2万円だと聴きましたので、2万円だけ入金させていただきます」と答え、あとは返した。
ご両親が先に帰ったあと
「昭雄ちゃんは弟みたいなものだから・・・、でもこうして君がだんだんと出世していくのを見るのが私のたのしみなの」と
「ありがとう・・・本当にありがとう、あでもすごい持ち出しでない？」

「そう、少しはね。でも金大生協とつながったし、いいよ。昭雄君帰りは？　私免許取ったから送ってあげる」

初枝の運転する軽トラに乗って、ヒマラヤスギがすくすく育っている昭雄の家をめざした。砂利道に差し掛かると、軽トラはボンボン揺れ、初枝と体がぶつかった。それも心地よい昭雄だった。

「ほらいつか、別れのワルツ踊ったとき、君のことはあきらめたの。でも今度のことで心がまた揺れて」

「俺って、恥知らず？」

昭雄は跡取りではない他の女性と今つきあってる。

「ううんよかったの、お蔭で君に会えたし」

「うちに入って」

「ううん、仕事まだあるから」

「じゃ、さよなら」

「さよなら」急に胸がしめつけられた昭雄であった。

第四章　北の都

6月22日が来た。

大学法が衆議院に上程された。

教養部自治会は声明を出した。「これは学長に権原を集中することで、紛争の原因を隠ぺいするものだ」

これこそ大学による管理強化を招くものとして自治会は糾弾チラシを学生会館食堂で配布した。刑事の井田がいつも尾行している。

白ヘルマスク覆面隊による教養部封鎖が始まった。このため中間試験ができなくなった。

「どういうことだ！　連中は！」

「俺は支持してきたが、これなら辞める」学生の怒りが強まった。白ヘルマスク覆面隊は孤立してしまい、逃げ出した。

しばらくは平穏を取り戻したかのようだった。

ところが、夏休みが過ぎてついに9月24日、この日に予定された試験の「補講反対」を叫んで、同日朝、再度マスク覆面隊の革マルと中核は封鎖した。

この間革マル派と中核派とが交互に封鎖、いっぽうよんたーは完全に離れ全国最後の三派の最終分裂が決定的になった。

両派は全国から部隊を動員してきて、ヘゲモギー争いのために封鎖・退居を繰り返した。それまではお互い顔見知りだったのが、まったく知らないから、なんとか昭雄ら民青を担ごうとしてますます対立した。

よんたーは民青系の全学行動委員会と共同するようになった。工学部の諸君で、昭雄とは話しが合う。

「工学部ってまるで工場か」と聴いてみた。

「そうです！　特に一階の機械科は」と彼はいう。

昭雄は身を乗り出してさらに聞いた。

「工学部って、なんで校舎に法経文の三倍もお金がかかるの？　機械は確かに重いけど、一階だけなのに」

すると彼は
「中橋さん、三階でもケロシンとか扱うから」出火する可能性がある。
「爆発で校舎が吹っ飛ぶか！　ああラーメン構造の校舎だね」
「ええ、ラーメン構造良く知ってますね」
といった。意外とそれで話の解る議長だと思われた。

教養部自治会は十日間かけて準備して、10月4日、学生大会を北國講堂で開き封鎖反対、無期限ストライキを提案した。昭雄たちは、学友の下宿を一軒一軒訪問して参加を呼び掛けた。当日会場から修正意見が出され、「無期限」について異論があった。昭雄たち議長団は休憩し、執行部で討議し修正案を作った。で一か月のストライキを提案、あとは再度討論することで通った。

次は7日卯辰山の相撲場で大会を開いた。卯辰山にしたのは、どこも会場を貸してくれないからである。

相撲場には土俵と観客席があるが、天井はなく、吹きっさらしの寒いところだった。それでも、熱心に討論した。

さらに16日に続けて体育館で学生大会を開いた。

①　補講粉砕、教養部会糾弾、

②　三項目要求（教養部会は大学立法に非協力宣言をせよ、ストライキ権と団交権を認めよ、7月4日の教養部会告示を撤回せよ）

③　校舎バリケードの学生による自主的解除

④　大学立法実質化阻止、

•以上の目的のため、ストライキ権一か月を確立したまま、封鎖解除する

以上を決定した。その先のことは、クラス討論を踏まえてストライキ実行委員会、略称スト実で決める。

このうち、三項目要求の一と二は一度革マルになびいた元民青系が昭雄に提案したものだ。つまり、このときは暴力に疑問を持ち執行部支持に代わったのだ。

クラス討論の場所は教養部の教室が封鎖で使えない。同じ城内だが、一段高いところに教育学部の建物が並んでいたので、そこを借りたりした。

その一番奥まったところに木造二階建ての旧校舎があって、自治会やサークルが使っていた。他の建物にも空き部屋がいくつもあって、そこでも討論することにした。教育のA組はは

るかと村が代議員だ。

教育は、薬学部のように露骨な男子優遇策はとっていない。ただ、外国語にドイツ語とフランス語の選択ができると募集のときにうたっていた。

ドイツ語は男子に、フランス語は女子に人気だから、バランスがとれるはずだ。

ところが、入学してみたら、フランス語の教官がいない。他の学部で受けようとしたが、必修科目と時間がかぶっていた。このことも腹が立つはるかたちだ。

はるかは女子寮から電話をかけまくった。革マルの村たちは、やって来なかったが、二十人近くの参加で討論した。

はるかがいった。

「教官が足りないのに大学管理法、みんな反対でしょう」

「そうだ！　大管法反対！　学生の自治権を守れ」

「じゃあ、封鎖は？　どうするの」封鎖は全員反対だ。

「授業受けないからあせる」という声も、ぼそぼそと出て来た。(留年の危険がある) と内心怯えている。

留年したら教員採用試験ではぐっと不利になる。

かといって、待っているだけでは封鎖は終わらない。

その封鎖をどうやってやめさせるかだ。マスク覆面隊を呼び出して説得したいが、現に村は来ていない。デモで呼びかけ、最終手段は封鎖解除するしかない。

最後に皆で歌ったのはゴスペルの「勝利をわれらに」だ。ボブディランやピートシガーら、アメリカの反戦フォークのひとつだった。

We Shall Overcome
We Shall Overcome
We Shall Overcome someday
Oh! Deep in my heart
I do beleave
We Shall Overcome someday

薬学のクラス討論では真紀と高澤が激しくやりあった。現状については、想いに差はない。

「封鎖反対」だ。真紀は女子の、高澤は男子の代表だ。

だが、高澤はそれをマスク覆面隊各派に説いて回るというのだ。

「え！　あんた、正気？」真紀は目が吊り上がった。

「封鎖している連中のところにのこのこ行くの！　危険だからやめて」と真紀らは懇願した。

押し問答が続いたが、真紀や英子らが泣いて懇願した。結局、全員で全学行動委員会の毎日朝のデモに参加しよう、そして封鎖解除の決行となんとか決めた。

最後にやはり全員で「勝利をわれらに」を歌ってクラス討論を終わった。


経済は二クラスあるが、ひとり中核が居、それに同調してきた奴らもいる。合同で三十数人が集まった。案に反して、封鎖に同調する奴は皆無で、それどころか「スト実はいつ封鎖解除するんや、俺は参加するぞ」

「これ、さす又の模型やけど」と袋から取り出した強者もいた。消火栓のホースの持ち方を教えてくれたものも。

ついには、建物の配置図をボードに書き込んで、図上演習になった。封鎖解除に必要な用具も書き込んだ。

「中橋、部隊はどれくらい集まる？」

ここは確実な人数をいわないと。

「教養部の本体が１５０人、応援が１５０かな」

「なら、応援は先発してもらって学生会館の蔭にいって、大声で歌を歌う、でこれは囮部隊で、そこに連中が気を取られている間の本体が坂を駆け下りて玄関につっこむ」

「よし！　それでいこう」

あっけなく終わったので、昭雄が冗談めかした。

「東女《とんじょ》にもマスク覆面隊があって、封鎖したので学友会が呼び掛けて『封鎖解除』を叫んでデモをしたんだって」

「へえ、お嬢さん達やる」

「そしたら、三階からゴミ箱を出して、紙屑がはらはらと落ちてきて、キャーと逃げたそうだ」

「あっは、それはそれは」

「でも、金大では飛んでくるのはパチンコ玉、石礫、覚悟して参加して」

「わかったぞ」

そして皆で歌ったのは四高寮歌、北の都だ。（いや北の都だと思っていた）

♪　北の都に秋たけて　われら二十歳の夢数う
　　男女《おとこおみな》の住む国に

二八に帰るすべもなし

教養部自治会のストライキ実行委員会と全学行動委員会は、兼六園の白いブランコの前に連日集合して、対策を相談した。今後については、自主解除の意見が多い。

ところが、教官側の意向としてそんな危ないことは学生はせず、警官隊にまかせたらといってきた。

教養部学部会に呼ばれた立山や昭雄たちストライキ実行委員のメンバーは

「警官隊は、封鎖は解除できるが、散り散りになった学生を教室に連れてくることはできません！　そこを考えてください！」と叫んだ。

その意見はいれられた。

しかし、入試の時期も近づいていた。文部省は、封鎖中の大学の入試は認めないという。

「ストライキだけではだめだ」という声が強くなった。

だから、自分たちが封鎖解除しなければ・・・。ストライキの最終期限も近づいている。

そんな状態で11月13日の朝も、白いブランコの前で集合し、寒い中を教養部までデモ行進をした。

教育学部自治会室に引き上げたら、友人たちが数人来ない。誰かが教養部に押しかけたという。

「もう待てない」という気持ちだ。

これは危ない。が、昭雄はいっしゅん躊躇した。その間に数人が連れ戻しに出ていた。

そこに知り合いの新聞記者が昭雄のところに来て

「何か手伝うことはないか」といってきた。昭雄は

「ペンチ、十個あるかなあ」

ささやいた。学生が買い込んだら怪しまれる。

「わかった、労働組合で用意してやる。返さなくていいよいつまでに?」といわれた。

「明日朝までに、なんとかお願い」

この新聞記者は、こちらで聞いた話しをあちらでしてる人間で疑わしい。しかし、まさか自分で用意したペンチの話は向うではできないはずだ。

翌日、十四日朝、教育学部の自治会室前に白いトレパン姿で集まったのはストライキ実行委員のほか以下の教養部男子であった。

法経文、教育、理学部、医学部のM(民青)(注1)

製薬化学科の民学同、工学部のよんたー協会派など(注2)

無党派学生、運動部、空手など十数人

総勢で三百人にふくれあがった。ほとんどが自分のヘルメットをかぶっている。そこにペンチ十個、やっとこ二個が届いた。皆歓声をあげた。

ストライキ実行委員会は教養部の部隊だけで解除するつもりだった。そうしないと教養部の自治を示せない。

後方にシニアや女子の救護班が並んだ。

応援隊も三百人にふくれていた。ヘルメットが足りない。前の方だけかぶって出発し、左に曲がってうたごえが聴こえはじめた。そろそろ学生会館の蔭に到着だ。間を置きすぎたら囮部隊が危険だから、続いて出発しよう。

「つぶしの利く法経」と当時いった。

昭雄は先頭に立とうと心に固く決めていた。その思いが強くなってきた。

ヘルメットが配られ教育学部の校舎の蔭に整列するときに、隣の服畑が思わず精神統一の呪文を唱えた。

「臨・・兵・・闘・・者・・皆・・陣・・烈・・在・・前」と。するとその後ろに全員が並んで、忍者のように手を結んだ。みんなで、ふたたび勝利を祈った。

「臨・・兵・・闘・・者・・皆・・陣・・烈・・在・・前」

忍者の呪文は、勇気を奮い起させた。

全員でそのまま、教養部のほうに駆け下って、玄関を遠くから包囲した。

命がけであるが、自分が範を示さないと。

ところが経済のクラスメートの横田から
「待て、お前は代議員会議長だ、何かあったら困る」と諭された。確かに議長がケガしたら後の収拾がつかない。

それでベニヤ板の盾とヘルメットをつけたまま、第一弾の二列目に下がった。

「ただいまから封鎖解除する」という立山委員長のハンドマイクでのスピーチ、それを皮切りに
「封鎖解除」の掛け声で叫びながら突っ込んだ。

第一弾六人が、盾を持って玄関まで二十メートルを六人で駆け抜けた。

石礫が飛んできた。野球のボール大のものが、ベニヤ板にぶつかったり、足にあたったりして、痛い。

第二弾は教育の男子たちだった。教育では、このようなことをしたら就職に響く。それでも突っ込んだ。

次ぎ次ぎ参加して、階段の下は解除派であふれかえった。

机や椅子が針金で縛られ、一部はセメントまで使われた階段のバリケードに皆で突っ込んでいった。

ペンチを用意してよかった。廊下伝いの理学部にいくメンバー、そこから二階に、三階にも突き進んだ。

二階から階段めがけて、火炎瓶が飛んできた。シンナーの臭いがあたりにたちこめた。

火だるまになったのは、昭雄をさきほどとめたクラスメートの横田だ。

消火栓を全開にして火を消し停めたが、担架とタクシーで受け入れてくれる病院を探して、金大病院をはじめ点々として、ようやく城北病院に緊急入院した。

ちなみに、封鎖解除の部隊が入ったその辺は、ラジオアイソトープが前にあったところだ。どこにやったか不明だが、ここになくてよかったと昭雄は思った。

「えいえいおう、えいえいおう！」

立山委員長が叫ぶと皆が唱え、こだました。

学生の歌声に　若き友よ手を伸べよ
輝く太陽青空を再び戦禍で乱すな
我らの友情は原爆あるも絶たれず
闘志は火と燃え　平和のために闘わん
団結固く　我が行く手を守れ

翌日久しぶりで城内の学生会館ホールで学生大会を開いた。しかし、手ぶらではストライキの解除はできない。ストライキはまたひと月継続となった。ただ教室が使えるので、教官との対話はできる。文部省との本当の闘いはここからだった。

第五章　そして確認書

12月になった。あいかわらず無期限ストライキを続けているが、進展が見えず昭雄らも心細い。

「勝つ展望はどこにあるのか」と聞かれて内心あせる日日だ。ラジオ・アイソトープがかろうじて成果だった。

そんなときに、全学連の機関紙が配られ、記事が目に飛び込んだ。ストライキで闘っているのは、自分たちだけではなかった。岡山大学教養部は同じように無期限ストライキで闘っている。

東大闘争のときに、金大同様、教養部の代議員会幹部が残ったために多数の代議員がつめかけた岡山だった。

さっそくストライキ実行委員会の場で紹介した。皆歓声を上げた。はるかと真紀が

「提案！　連帯のメッセージ岡山に送ろう」満場一致で手配した。はるかが「じゃあわたしらで電報打ってくる」といってかけだした。

「ハルカ　カナザワヨリ　ワレラモストライキチュウ　トモニガンバロウ　カナダイストジツ」午後には返信の電報が届いた。（金大をカナダイという）

1970年1月草々に大詰めの予備折衝を矢継ぎ早に5回もしたうえで開かれた1月14日の第六回教養部集会において、ようやく最終的な合意に達し執行委員長と教養部長代理との間で次の確認書が交換された。

確認書

教養部会は従来の大学の自治についての考え方を改め、今後、新たな自治の創造のために学生とともに努力する。

一、学生の自治活動について　教養部会は、教養部学生自治会を唯一正式の自治代表組織として公認する。

一、団交権について　教養部会は、教養部学生自治会から交渉の要求があった場合、団交に応じる。団交の形態については、当面11・22の確認書に基づいて行う。

一、ストライキ権について　教養部会は学生のストライキを抗議形態として認める。

以上の事項を確認する。１９７０年1月14日。

すぐ試験、そして二年生は学部に進学だ。教養部の仲間はお別れ会でみんなで寮歌「北の都」を歌った。

北の都に秋たけて　われら二十歳の夢数う
男女《おとこおみな》の住む国に
二八に帰るすべもなし

すると運動部委員会の委員長のFがつぶやいた。

「封鎖解除のときに、民青は口先だけで俺たちに解除やらせるんでないかと俺たちびくついていたんや。しかし、法経中心に突っ込んでいった。だからこれから、細かいことはいわんと仲良くする」

「細かいことって何や」

「『北の都』って紹介したけどあれは『四高寮歌　北の都で秋たけて』というんや」

「ああ、それは誰も知らんね」

エピローグ

二年後薬学部でも昭雄の援助で示された統一要望書が教授会で承認された。

薬学部学生の統一要望書

私たち薬学科、製薬化学科の一同は、学生大会において、左記の事項を統一要望事項としました。教授会でご検討の上お諮りねがいます。

記

薬学部に放射線管理区域があり、ラジオアイソトープ(注3)を保管しているが、施設として不完全であり、仮に地震が起きた場合には爆発の危険が大きいので撤去してください。なお計算式と結果は別添します。

以上

薬学科　代表　原田真紀

製薬化学科　代表　高澤昭雄

その後昭雄は法文学部で反民青派教官によって退学騒動を起こされた。しかし、薬学部長らの口添えと十余名の勇気ある女子学生の嘆願書で、無事卒業できた。そしてさらに数年の後、金大は金沢の旧市内より広い敷地に移転することを決めた。移転の留意事項を昭雄も求められて進言した。学部をまたいでの集中講義への参加でも単位が認定されるよう、また学部間のコラボ。できれば美大とも、それに薬学科と製薬化学科と似たような授業内容だったのをやめ幅の広い、大きな枠組みで受験できるように変えようというのだ。

2008年、金沢大学は山間の角間の郷の広大な敷地に移転した。学部をやめ筑波大について「学類」と名付け、聴講生を拡充したオープンカレッジを実現した。美大とは話ができなかったらしいが、金大は学生の提案にも耳を傾けてくれる。教員中心の大学から、学生中心の大学へと発展したはずだった。

＊＊＊

いっぽう少し前、革マル派と中核派は内ゲバ殺人をはじめ、昭雄には井田刑事が護衛についていた。それはなんだから金沢の中心に行くときには花屋の初枝にも同行を頼んでいた。初枝は恩人だった。しかし、初枝と結婚すると初枝を巻き込むことになる。危険すぎてできなかった。

資料　金沢大学五十年誌　通史
注1　日本民主青年同盟
注2　社会主義協会
注3　アイソトープの中でも、圧力、温度、化学的処理など外部から加えられる条件に関係なく、ひとりでに放射線を出して他の種類の原子核に変わるものを、ラジオアイソトープと呼んでいます。（ウイキペディアより）

ちなみに「北の都」のその後のことは、教官たちに問いあわせたが誰からも返事がない。

参照資料　金沢大学50年史　640p～　935p～
　　　　　金大評論3号、4号、他

金沢大学（現在）

校長室

第一話　本村良子

「礼花、やったねえ」

金沢市の英語弁論大会の会場で、宮里賞一年の部入賞の娘を本村良子は抱きすくめた。

おかっぱ頭の礼花は母のしぐさに、まだ新品の通学用リュックサックをドスンと落としてしまった。

良子は、自分の長い髪をなでながら大阪から東京へ、さらに金沢市に引っ越してきてからの三年間のできごとを思い出していた。


礼花が小学校五年生の秋のことだった。

「ママ、今日は切れてしもうたよう」

陽光マンション601号室に帰宅するなり、礼花は母親にぶちまけた。部屋の真ん中を占める水槽の中で、大人の拳ほどもある大きな金魚が、くるりと反転した。

今日は担任の仲坊先生はどこかに出張で岩越教頭先生が受け持たれたはず。何かがあったのだろうか。

良子は思わず礼花の両肩を抱きしめた。水槽の横の本棚には以前住んでいた方の書いた児童書が並んでいる。

「教頭のガンコが、授業でいきなり『フー　ワズ　ザ　ファースト　ガバナー　イン　カガ、ノト　アンド　エッチュー　カントリーズ、本村答えてみろ』といったので『ヒー　ワズ　トシナガ　マエダ』って答えたら、クラスのみんながアハハと笑いだして、そのうちにガンコが『前田利家だ。そんなことも知らないのか！』っていうて、東京で習うたんと違うし、カーとなってしもうた」

良子は「えっ」とつぶやいた。金沢市は小学校でも英語教育がさかんだが、礼花はもうそんな英会話ができるのか！　とそちらにまず驚いた。

礼花の通う金沢市立梨の木小学校は人の出入りが激しい。だから転入生の扱いには慣れていそうだが、残念ながら先生にもいろいろある。しかも今年は全国の県庁所在地で初めての女性の校長先生が赴任してこられた。岩越先生にはいろいろ思うことがあるようだ。

「ママも今日は切れてしもうた」

「ママはどうして切れたん？」

礼花が訊ねてきた。

良子は昨年からＰＴＡの図書選定の委員長をしていた。毎月開かれる各専門委員会の調整会議では、西谷校長先生や岩越教頭先生のま向かいの席なので、自然と目を合わせて話することが多い。

「ええ、昨夜の調整会議でね。『保護者向けの本として〝女性と太陽と教育〟を購入します』っていうたら、校長先生は『あら、それはいいわね』っておっしゃって、そう決まったんよ」

「ならそれでいいじゃない」

「ところが今日岩越先生から私の携帯に電話があって『内容が難しすぎるので反対です』っていうんよ。それなら昨夜いってくださらないと、もう買うてきました、っていうて電話ガチャンと切ってしもうた」

良子はクルマの運転はできないし、自転車も下手で、ほとんどどこにいくときも歩いていく。昨年は毎日歩いて、子どもたちがいかに危険な交差点を渡っているか気がついたので、同じ思いのお母さんがたと安全な交差点に信号機を設置するよう運動をした。

今日も多少不便だが、十五分かけて駅前の本屋にいった。

「ママ、校長先生にいったら」

「ええ、でもね。このことは中橋さんにはそっと伝えたけど」

中橋さんというのは、父親代表のＰＴＡ役員だ。良子は何かあると相談している。西谷先生とは親しいし、調整会議では意見に対して割と公平な扱いをしてくれる。

「礼花の話のほうは校長先生にお会いしたときに頼んでおくわ」

礼花は頷いた。

その晩中橋さんから電話があった。男性にしては甲高い声だ。

「夜分遅く申し訳ございません。昼間の件ですけど、岩越先生にはご意見は調整会議の場で出してください、とお願いしておきました。なお、念のため校長先生にも連絡させていただきました」とのことだった。

続いて校長先生からも電話があった。

「西谷です。今回は申し訳ございません」

「いえ、どういたしまして、中橋さんからもお電話いただいて、恐しゅくしています」

「いえいえ。ところで本村さん、この機会だから打診してみるのだけど、来期のＰＴＡの母親代表について、あなたいかがかしら？」

「えっ」

「中橋さんがペア組んでほしいっておっしゃるの。もちろん、総会で決定することなんだけど」

中橋とはあいさつ程度だが、和子夫人とは信号機をつける運動を一緒にとりくんだ仲だ。

「家族と一度相談してみます」と答えた。

その夜、夫が帰宅したときに報告した。

「頼まれ仕事はできるときにやってみれば」と賛成してくれた。さっそく校長先生に伝えた。


礼花が六年生になってしばらくして授業参観があった。その日は学校給食の試食があり、子どもが食べた後その席に座って食べてみた。大人の女性にちょうどいい量だった。

さらに午後にはＰＴＡの総会があった。中橋さんは母親代表として「本村良子」と提案して、参加者の拍手で承認された。

母親代表の最初の活動は、各専門委員会の年間予定を掌握して調整することだ。

これにはもちろん父親代表も加わるのだが、実際の専門委員のほとんどが母親のため、事前の情報はすべて良子のもとに集まってきた。

例えば、成人教育委員会からは'女性と太陽と教育'の著者平田ちょうちょ先生をお迎えして講演していただきたいという。

平田ちょうちょ先生をお迎えするには予算が不十分だ。どうしようかと案じていたら、六年生の主任になられた仲坊先生が
「私たち市教員組合女性部でお迎えする日があるので、その午後頼んでみたらどうでしょう。よかったら連絡しておきます」とおっしゃってくださった。

「ありがとうございます。よろしくお願いします」といって心づかいに感謝した。

「本村さん、私たちも尊敬しているんです。平田先生に連絡しておきますが、本村さんからも頼んでおいてくださいね」

電話をかけて図書選定委員会のころからの経緯を話してみたら、心よく引き受けていただいた。

活動は順調に進んだ。

ある日の授業参観のときだった。ぞろぞろと外国人の若者の一団が教室に入ってきた。

すかさず礼花が立った。

「コンガチュレーション、カムヒア、アワアエリメンタリースクール」といった。

「ォー、サンキュー」

それが合図であったようにあちこちの机を囲んで歓談は始まった。どうもコモンウエルス市の高校生らしいが、良子は礼花たちの英語のレベルに舌を巻いてしまった。


そんなかんやで冬が近づいてきた。

「礼花、来年は井戸中学校に進学よ。市立だから受験はないけど、制服やら通学カバンやら確かめておかないと」

金沢市全体に肩掛けカバンに対する不安が保護者の中で広がっていた。最初は子どもたちの「ダサい」という声だったが、実際に歩いているのをみているとカバンの重さのせいで片足を引きずりカタンコトンと音がしていた。

母親たちの声が高まってきた。良子は自分でも肩掛けバンドで手提げバッグを吊るして二十分の足のりを歩んでみた。背中が痛んだ。

「これはいけない」

ついに金沢市の教育委員会からも「通学カバンの選定については保護者の意見を尊重すること」という趣旨の通達が出された。教育長も県庁所在地で初めての女性の方で、母親達の気持ちが解るのだ。

多くの中学校では、その通達の趣旨に沿ってリュックに変更した。

ところが井戸中学校では以前のままだった。通達無視はＰＴＡの総会でも議題にさえ上らなかった。質問者がいたが「井戸中学校の歴史と伝統である」と学校長がいって一蹴してしまった。

「良子さん、悔しい」

母親たちが三人、歯ぎしりしながら良子のマンションにやってきた。

水槽の金魚があわただしく動きだした。

「何か、わてらのできること、ないやろか」

一人が本棚から「ケンカ坊や」という本を見つけ出して取り出した。

「井戸中に押し掛けて暴れてやる?」

「ねえ、それなら小学校六年生の保護者から要望書を集めて提出してみたら」

三人顔を合わせて、良子のほうを見ながら

「西谷先生に相談しましょうか」と言い出した。

なるほどと思ったが、念のため

「まって、まず中橋さんに相談してみる」といって、中橋さんの自宅を訪ねることにした。

その日の夕刻、良子他三名の母親が中橋に会った。

中橋は座敷に通してくれた。長押には川柳の色紙がいくつも並んでいる。しばらく母親たちの話をじっと聞いてきたが

「校長に相談はだめ、これは勝手にしないと校長先生に迷惑がかかる」

「でも要望書集めるには担任の先生に協力お願いしないと」

「それは当然。いいか、井戸中の学校長は『女のいうことが聞けるか』というのが本音。それには西谷先生も反感を持っておられるが、立場上われわれに賛成はできない。そういうときには要望書を作って、配布も手渡しするのが基本。担任の先生には学校に持ってきた場合は連絡してください、といっておくだけだ。それで先生方のほうも解っていただける。後の

責任は俺が取る」

「本当に、それで大丈夫ですか?」

「うん、仲坊先生にはきちんと説明したほうがいい。女性部の活動もされておられるから、そこは心得ておられる」

なるほど、こういう話になると中橋さんは頼もしい。

「わかりました。あとはやります」

次の日、四名は要望書を印刷して携え、放課後の六年二組の教室に仲坊先生を訪ね、計画を説明して協力をお願いした。

「本村さん、PTAでそんなこと決めたんですか?」

まずそれを訊ねてきた。

「いえ、勝手にやっているだけです」

良子は堂々と答えた。

「代表はどなたですか?」

「梨の木小学校は中橋さんと私です。中橋さんは、仲坊先生は女性部の活動をされていて、そこは心得ておられるはずだ、とおっしゃっています」

先生はコックリと頷いて、連絡帳を置くボックスの前に行き、手先で何かを連絡帳にセットするしぐさを示した。

「解りました。協力はできませんが、届いたらご連絡は差し上げます。各クラスには私から有志の動きとして報告はしておきます」と答えて教室を出ていった。

良子達は、ボックスに行き、堂々と要望書の紙を連絡帳にセットした。他のクラスも次々と回った。


要望書は、六年生の保護者の九割から提出された。他の小学校二校のうち、女性校長のおられる桜井小学校からは婦人会の協力で要望書がほとんど全員から集まった。

代表して良子が電話をかけた。

「もしもし井戸中にこんどお世話になる母親たちですが、ちょっとお願いのことがありまして、お伺いしたいのですが」と聞いてみた。

「今なら学校長は在籍しています」

という返事で、すぐ連絡を取って二校の母親たち十人がクルマに分乗して井戸中の校長室にいった。

「これはこれは、みなさんお揃いで何事ですか？」

学校長は立ったまま丁寧に話し始めた。これなら要望を聞いてもらえるかもしれない。

「通学カバンをリュックに変える件で」

「それはもう決定ずみです。そういう用件ならお引き取りください」

語気が鋭くなった。

「もうまもなく学校長会議があります。お引き取りください」

窓の外で雪が降りだした。雪道を肩掛けカバンを下げて帰る子どもたちの姿が見えだした。

これくらいで引き下がるわけにはいかない。

「待ってください。六年生の保護者の要望書です」

手提げカバンから集まった束を取り出した。隣の小学校からも学校長の目の前に突きつけた。

「私たち、子どもたちのことを思って必至なんです」

声が大きくなってきた。他の母親からも次々と声があがった。

「私らがこんなにお願いしてもだめですか」

「子どもらが歩くのを見て、背骨が曲がったらと心配なんです」

「皆さん、そう言われるけど、肩掛けはカバン屋に一万個も在庫が残っておるんですぞ」

「校長先生は、カバン屋と生徒とどっちが大事なんですか・・・ウエーン」

突然母親の一人が泣き出してしまった。それが合図のように泣く声が広がった。隣の職員室から誰かが飛び込んできて、中の様子を見てさっと引き揚げた。母親たちは泣き崩れて、そこにある椅子にへたりこんでしまった。

学校長もその景色に逆らうことはできず。椅子に腰かけ、沈黙しだした。そのまま一時間が過ぎた。

「金沢市教育委員会のものです」といって学校長と同世代の男性がすっと入ってきた。

「皆さんの要望書は私が預かって、教育長に渡します。通達を無視はしませんので、今日のところはお引き取りください」

「わっ、やったあ」

「バンザーイ」

口ぐちに叫んで母親たちは引き揚げた。雪道をクルマは軽快に進む。

涙の跡も拭かず良子たちが梨の木小学校に戻ると、西谷校長先生はにこやかな顔をして待っておられた。

「前代未問の珍事ね。あとはまかせておいて。大丈夫。でもこれ考えたのは誰？　怒らないから教えて」と訊ねてきた。

「声は私たちですけど、作戦は中橋さんです」

「今日も顔は出していないんでしょう。自分は陰に隠れて、悪い人ねえ。でもこれでやりやすくなった、と教育長もおっしゃっているわ」

教育長に逆らった学校長がお母さんがたの吊るしあげにあったといううわさがもう広まっているという。

一週間が過ぎた。

「通学カバンについては保護者の選択にゆだねる」という学校長からの連絡があった。


次の年になった。

礼花は新しいリュックサックに教科書やノート、何よりも得意な英会話のテキストをたくさん詰めて意気ようようと井戸中学校に入学した。

「ただいま」

午後になって礼花が帰宅した。礼花が荷物を降ろしたら、金魚がくるりと回った。

「お帰りなさい。リュックどうだった」

良子は、まっ先に聞いてみた。

「小学校より遠いけど、ランドセルと同じでらくちんやった。部活の英会話のサブザックもあるし、これちょうどいいよ」

「そう。良かったわねえ」

良子は英会話の教材の入ったザックを見やった。それだけでもずいぶん重そうだ。

「リュックの件でママずいぶんがんばったんやてねえ」

「ええ。でも誰から聞いたの?」

金魚がまたくるりと回った。

「帰りに担任の先生が『本村のお母さんは偉い』っていってたよ」

「あらまあ」

「ありがとう、ママ。部活では金沢市弁論大会で宮里賞狙うからね」

第二話　中橋昭雄

昭雄は自宅の二階の書斎で労働基準法を開いていた。妻の和子は階下でピアノを弾きだし、息子の統は二階の隣室で英語の歌を歌い始めた。

「ジス　ランチタイム　ウィ　エイト　フィッシュ　アンド　チップス」小学生にしてはえらいレベルが高い。

フォーン、遠くで電車のタイフォンの音が鳴りひびいた。

昭雄は本を閉じ、この二年間のできごとを思い起こしていた。誠実な人だとよくいわれるが、昭雄自身は他の人にいわれるほどではないと思う。

ただ、できる約束は果たすのが信条だ。昭雄にとっては誠実ということより、一休さん顔負けの知恵者だといってほしい。

しかも天皇制を背景にした一休禅師とは違い、自分一代で金沢市に築きあげた中橋組というファンクラブだけがバックだ。

「中橋君、私の仕事は全国の県庁所在地で初めての女性の校長先生を成功させること。だからそのためには何でもするわ。私も君の中橋組に入るから君は出世はあきらめて、梨の木小学校のPTA役員引き受けて」

二年前に金沢市の教育長になったばかりの高原女史はいったっけ。

高原女史との出会いは十年ほど前、昭雄が勤務する非営利法人の総会の議長を依頼したことだ。官舎を訪れた昭雄は総会議長は登記のために実印が必要なことを告げた。

「中橋君、実印なんて私もってないわよ」

「大学の先生でもお持ちでないんですか?」

「だって必要ないもの」

「これからは、女性も必要な時代が来ます」と言って持論を述べはじめた。

「高原さんは、ベーベルの婦人論を読まれたことはありますか?」

高原女史の顔がぱっと明るくなった。

「読んではいないけど、知っているわ」

しばらく黙りこんだ高原女史は、うんと頷いて

「わかった、君のいうとおりだわ」と答えてくれた。

あれから十二年、昭雄はPTAの父親代表をしている。

梨の木地区は、男女共同委員会の梨の木班という全国一人数の多い班があって、妻の和子はつい先日まで金沢市支部の支部長をしていた。だから信号機の設置などの住民運動が盛んな地域だ。その活動家の皆さんが母親としてPTAの活動も支えている。

しかも旧来のボス連中のしきたりは既に一掃してしまった。だから、女性校長の第一号を成功させるにはうってつけの地域なんだ、と昭雄は思う。

西谷校長からは
「中橋さん、私も信号機をどこにつけてほしいのか意見をいう機会もあるのだけど、どういうお考えですか?」

訊ねられ、すぐに
「一番危険な交差点につけてください、横断人数ではありません」と答えた。

そういう昭雄に対しても心無い人たちからは
「男の仕事を減らしている悪い奴」

などと言われたが、全体には大過なく過ぎた二年間だった。

父親代表を引き受けて変わったことといえば、職場の研究会などには、なかなか参加できなくなったことだが、それは覚悟していたことだ。

賃金も大して変わることなく、生活にゆとりが生まれてきた。とりわけ意外だったのは、息子の統とのふれあいの時間が増えたことだ。

昭雄は、統が幼いころにはサッカーの相手になったり、すもうをとったりしたが、それも成長するにつれ、わずかなものになっていた。

なによりも話題についていけない。

それが父親代表として運動会や発表会などの学校行事に参加するにつれ、変わってきた。担任の先生からも小学校からの帰宅の前に「必ずお父さんに渡してね」といわれた書類があったりして、父親の背中が見えだしたようだ。

統が校内での様子を語り出すことがだんだんと増えてきた。

例えば、ある日こんなことがあった。担任の仲坊先生が多用で代わりに岩越教頭先生が受け持たれたときのことだという。

「梨の木小学校っていうけど。梨の木見たことある？」と先生は訊ねた。

「さいきん見たことない！　見たい」と子どもたちが騒ぎだした。

「それじゃあ、今から城北公園まで遠足！」

外は明るく、暖かい。

「ええっ、ガンコ今すぐ？」と驚く児童を前に
「そう、歩いて一キロだから次の授業に間に合う」

といって、子どもたちを連れて梨の木を探しに出かけたそうだ。

子どもたちには易しい教育者岩越先生の意外な一面を見た。ただ男の職場だと信じていた、校長職に女性が進出してきたことに恐威を感じておられる。これは難儀だ。本村良子が図書選定委員長として提案した平田ちょうちょ先生の本のことだって、「内容が難しすぎるので反対です」は口出しが過ぎる。

本村良子は、妻とも親しい。男女共同委員会の信号機設置運動のときの仲間だ。

ＰＴＡの母親代表になってからは、平田ちょうちょ先生を迎えての講演会などの活動がめざましかった。

講演会の当日は、昭雄が校長室に入ったときには既に平田ちょうちょ先生と校長と良子の三名はソファーに腰かけて盛り上がっていた。

「中橋と申します」

昭雄が平田先生にあいさつして、茶色のソファーに腰かけたときに、隣の職員室から仲坊先生がお茶を運んできた。

良子がそれを受け取って平田先生と西谷校長の前に置いた。

ついで昭雄の前に置いたときに、その前の話の続きらしく

「クルプスカヤもお茶のときにはこうしていたのでしょうかねえ。中橋さん、クルプスカヤって知っていますか?」と笑いながら訊ねてきた。

「クルプスカヤの家庭と教育論は読んだことはないけど、ベーベルの婦人論なら自信あります」と答えたら、皆真剣な面持ちに変わった。

ベーベルは男女の分業が歴史的なもので、女性の仕事を家族と家庭に限定する考え方は過去の遺物であることを告げた社会主義者だ。

ただ、ベーベルが遠まわしにいったことに男女が平等になれば、当然社会的義務も平等になるということがある。

かって昭雄が高原女史に実印について「これからは、女性も必要な時代が来ます」といったのは、そのときの方便ではなく、男女平等が現実になる時代が来ると予感したからだ。

現状、市井の女性の多くは、自分の名前を名乗らなくても日々の生活をしていける。

「A君のお母さん」か夫の名前を呼ばれて自分が行動していて、何の違和感ももっていない。あまつさえ、自分の名前さえ勝手に代えて通称を作って済ませた人もいる。ペンネームのように誰でも解るのはいざしらず、多くの人が本名と誤認するような通称を使えば、平等な責任の自覚にいたることはありえない。

しかし残念ながらまだそういう女性は多い。

通称では実印は造れず困ったことだろう、と学生時代につきあった、そういう類の女性のことを思い出していた。

幸い妻の和子は、幼い頃、悪たれ小僧に「かっちゃんかずのこにしんの子」とちゃかされても「平和の和だよ、どこがおかしい」とどなっていたというから、その類とは違う。

ともあれ、そういう点を克服していかないと女性の昇進のグラスシーリングを取り払うことは並大抵ではない、と思う。岩越教頭などが危惧しているのもそういう点があるのだろう。

ところが、その冬になって、事態はあらぬ方向に動き始めた。

井戸中学校の通学カバンのことが小学校六年生の保護者の中で問題に上り、ついには本村良子他三名の母親が昭雄の自宅までやってきた。

梨の木小学校の運動場の側にある昭雄の自宅は木枯らしが吹きすさび、はらはらと落ちてきた木の葉が玄関前で渦巻いていた。コートをきた女性たちは寒そうだった。

ゆっくり話を聞く必要がある、と思って座敷に通した。

そんなことをちらちら考えながら、しばらく母親たちの話を聞いてきたが、井戸中の通学カバンの件を西谷校長に相談したいといわれてさえぎってしまった。

校長自身は、通学カバンは通達どおり、保護者の意見で決めるべきだと考えていることは昭雄は承知している。

しかし、中学校の運営のことに小学校のＰＴＡが意見を出すのは筋違いだ。

保護者としての立場は昭雄も同調はできるが、校長に同調して行動することを要求することは決してできるものではない。

「校長に相談はだめ、これは勝手にしないと校長先生に迷惑がかかる」

「でも要望書集めるには担任の先生に協力お願いしないと」

「それは当然。いいか、井戸中の学校長は『女のいうことが聞けるか』というのが本音。それには西谷先生も反感を持っておられるが、立場上われわれに賛成はできない。そういうときには要望書を作って、配布も手渡しするのが基本。担任の先生には学校に持ってきた場合は連絡してくださいといっておくだけだ。それで先生方のほうも解っていただける。後の責任は俺が取る」

昭雄は、通学カバンの是非自体は実のところよく解らない。自分たちの世代は肩掛けできたのも事実だ。

だが井戸中学校の学校長が「通学カバンの選定については保護者の意見を尊重すること」という教育委員会の通達を無視していることは許せなかった。保護者の多くは憂慮しているのだ。これは明らかに職権の逸脱だ。

女性が上司になることも当然の時代が来ているのだ。その指示に従わないとすれば社会は混乱する。だから、これは何としても実現しなければいけない、と思った。

西谷校長の後ろには高原教育長がいる。ぜったいにまずいことにはならない。ただ実際に署名を集めるには工夫が必要だ。

「本当に、それで大丈夫ですか?」

「うん、仲坊先生にはきちんと説明したほうがいい。女性部の活動もされておられるから、そこは心得ておられる」

仲坊晴美は教員と保護者との合同学習会でも運営にあたったりしている。しかも昨年の梨の木小学校の卒業式では、日の丸のほうを見ることは一度もなかった。この点は昭雄などよりもきちんとしていた。

「わかりました。あとはやります」

本村良子が答え、三名も確心に満ちた表情になってきた。

「おおっぴらに堂々とやること。校長先生には提出してから『井戸中学校にこういう要望書を提出しました』といえばいい。あと、井戸校区の他の小学校も一緒にやらないと」

「それ中橋さんお願いできますか？」

「私が協力できるのはそれくらいだからね、お互いがんばろう」

小学校で署名を集めて井戸中に提出すればふい打ちみたいなもので、一挙に事態は打開するだろう。さいわい桜井地区の婦人会長さんとも親しい昭雄だ。

夜になり、家路につく女性陣を昭雄は玄関の外まで見送った。

彼女たちはそれぞれに、にこやかな表情で帰宅していった。

昭雄が梨の木小学校を見上げたら、校長室はまだあかあかと灯っていた。その足で西谷校

長を訪ねた。がらりと校長室の戸をあけて
「先生、私たちは勝手に動きだしました。先生にはご迷惑はおかけできませんので、詳細は申しません」とだけ言い放ってスッと引き下がった。遠くに電車の走るゴトゴトという音を聞きながら、自宅に戻った。

　統が自室で歌い始めた。

「アメージング　グレース　ハウ　スイート　ザ　サンド、ザット　セーブ　ア　レッチ　ライク　ミー」

　声がいつもでも頭の中にひびく。とんびがたかを生むというが、我が息子ながら音楽はうまい。母親に似たのだろうか。感心し続けた。統の部屋にいって尋ねた。

「いつ、習ったの？　アメージング　グレース」

「いや、これオヤジのCDにあるのを聴いて覚えたの」

「うまいねえ。お前は才能がある」

「本当？　オヤジ本当にそう思う？」

　統は嬉しそうに両手を伸ばしてきた。

「オヤジ、すもうとろう」

「よし、わかった」

全力でぶつかってみたが、あっさり負けてしまった。統はあっけにとられた表情を示した。


「卒業生起立！」岩越教頭の号令が響いた。

今年も梨の木小学校の体育館は、全校児童に保護者、教職員で満員だ。熱気がむんむんする。

昭雄は保護者を代表して、卒業生に「送ることば」を告げることになっていた。席をたって、日の丸に一礼して登壇した昭雄には、前列に統や本村礼花らの姿が見えた。

日の丸に礼をするのは、信条には反するが、ここで女性校長に恥をかかせるとこれまでの苦労がすべて泡と期してしまう。現に来賓席には教育委員会の事務局長が来ている。

登壇して、卒業生に着席をするよう左腕を伸ばして、ちょっと下げた。

「着席！」

昭雄の話はとおりいっぺんの内容だが、それでも卒業生たちは真剣な面持ちで聞いてくれた。最後に礼をしたら、再度

「卒業生起立！」と号令がかかって、こんどは卒業生全員が席に立った。

「お礼のことば！」という号令がかかり、代表が昭雄の真下に立った。

巻物を広げて
「私たちを育てて頂いた、先生方、お父さん、お母さん。ありがとうございます。私たちが梨の木小学校に入学した六年前は、この近くにはあちこちに梨畑が広がり、のどかなものでした。今は、新しい道がいっぱいできて、トラックが行き交い、交通の問題だけでも大変なところになってきました。この間雨の日も風の日も通学路の安全のためにがんばっていただきありがとうございます。

またこの度は、私たちが中学校に通うにあたっての健康面も配慮していただきました・・・」

ずいぶん大人びた「お礼のことば」だ。これはきっと、親御さんといろいろ相談して書いたのだろう。

この六年間といっても、昭雄自身が父親代表となったのは、この二年だけだ。

しかも雨の日も風の日もは、本村良子たち母親の取り組みであって、自分は大したことはしていない。

そんな自分が代表の「お礼のことば」を受けているのは、何か悪いことのような気がしてきた。とはいえ、誰かが受けなくてはいけない役目だから、それが自分にお鉢が回っているのは幸せなことだと自分に言い聞かせた。

「お礼のことば」が終わった。昭雄は卒業生代表に、にっこりと目を合わせて、一礼をして下壇した。

その日の午後、姉妹都市公園にコモンウエルス市から先生方がやってきた。昭雄も交歓会に参加した。見ていると、統たちが前に進み出て、たどたどしく

「コンガチュレーション。ええとお、ヒア　イズ　セブンシスターズ　パーク」といった。

後を継いだのは本村礼花だ。こちらは流兆だった。

人は持って生まれた才ではなく、社会から能力を獲得する、というが、ずいぶん違うものだと感心した。

第三話　西谷とし子

「西谷先生、ちょっと私の部屋まで来ていただける？」二年前のことだった。

高原教育長が、金沢市教育委員会の大部屋の戸をあけた。とし子は今日まで二年間、市役所四階のこの部屋で校長になるための訓練を受けてきた。

校長の仕事は校務より、対外的折衝が主だ。だが当然、校内のことはすみずみまで知りつくさなければならない。

「はい」と明るく答えて、教育長室に入った。両袖机にソファー、棚には本という、まるで校長室そっくりのつくりだ。違うのは棚の本で、文部科学省や県教育委員会の通達集と並んで、主要な県の県庁所在地の教育行政の資料がずらりと並んでいるところだ。

金沢市の市長はこのとき、全国市長会の会長の任にあり、市教育委員会も自然とこうなったらしい。

女性の社会進出が叫ばれている昨今だが、女性の校長はまだ例外だった。

そこで、まず金沢市がお手本を示して、全国に広げていこうということになっている。その第一号に選ばれているのが自分たち三名だ。

高原教育長は

「西谷先生、ソファーにおかけになって」といってアルバムを持ってきた。

「梨の木小学校よ。全校三百人くらいね」

各学年二クラスほどの小規模校だ。金沢市内でも都会から流入する人の多い地域だ。

アルバムを広げ始めたとし子の手を四年二組に進めさせて、ある児童を指差した。

「中橋統君というの。お父さんはサラリーマンだけど、私にベーベルの婦人論を展開して実印を持つ決意をさせた人よ。彼には出世はあきらめて、PTAの役員が回ってきたら引き受けなさいといってあるわ」

といって、顔をあげにっこりとほほえんだ。

「先生、御配慮ありがとうございます」

礼をした。PTAの役員は保護者にまかせるべきで、それは校長は当然関与するが、教育長が口を出すべきことではない。だがここは

金沢市姉妹都市公園のエンジュの樹と西小学校

「女だから困る」というような人物にあたったらやりにくいし、自分が失敗すれば全国の女性校長の登用が数年は遅れるであろう。そのことを心配しての根回しに違いなかった。
「いいえ、私にできる仕事はそれくらいよ。ご存じだと思うけど、姉妹都市公園の隣で英語のレベルは高いわ」

梨の木小学校の校庭入口にはホワイトクローバがおい繁っていた。新六年生の子どもたちは「コンガチュレーション」という歌を歌って歓迎してくれた。
PTAの新役員の初会合のときに、校長室で役員にまずあいさつをした。
「中橋昭雄です。あくまで父親代表です」と、男性にしては甲高い声でいった自称父親代表に向って、とし子は
「よろしくお願いします。あなたを頼りにしなさい、と高原教育長はおっしゃったわよ」
といった。中橋は
「買いかぶりです。こちらこそお願いします」と答えた。

秋になった。

信号機は保護者の希望を入れて設置することに決まった。その中心になっていたのが本村良子さんと中橋和子さんだ。

ＰＴＡの調整会議の例会が始まった。

「図書選定ですが」といってま向かいの席にいる本村委員長が
「保護者向けの本として〝女性と太陽と教育〟を購入します」といった。

「あら、それはいいわね」ととし子がいった。

後は誰も発言することなくその日は終わった。

ところが、その夜の中橋からの電話だと、岩越教頭が本村良子の携帯に電話して
「内容が難しすぎるので反対です」といったという。

「いいわね」という前に先任である教頭に意見を求めるべきだったかも知れない。しかし子どもではなく保護者向けのことで、それもことはもう決しているのだ。

岩越教頭は他にも転校生である本村礼花にはよく解らない質問をして恥をかかせてしまったらしい。仲坊先生の留守中の授業で、加賀藩の初代藩主について問うて「前田利長」と答えたら「前田利家だ、そんなことも知らないのか！」といったそうだ。

本の購入のほうは、中橋も調整会議で決定したことが最終決定だといった。

「会議で決定したことを後で変更するのはよほどの重大な理由がないとできません。それも臨時の調整会議が必要です」その上で、中橋は

「ところで校長先生、来期の母親代表は勉強熱心な図書委員長さんが引き受けてくれたらいいなあ、と思うのだけど」といってきた。

さっそく本村良子に電話してみた。

「西谷です。今回は申し訳ございません」

「いいえ、どういたしまして、中橋さんからもお電話いただいて、恐しゅくしています」

「いえいえ。ところで本村さん、この機会だから打診してみるのだけど、来期のＰＴＡの母親代表について、あなたいかがかしら？」

「えっ」

「中橋さんがペア組んでほしいっておっしゃるの。もちろん、総会で決定することなんだけど」

「家族と一度相談してみます」とその場は答え、次の日には「お受けします」と伝えてくれた。人事は総会で承認された。

ＰＴＡで平田ちょうちょ先生を迎えての講演会にとりくんだときのことだった。

講演会が始まるまで、平田先生ととし子と本村良子の三名で校長室のソファーに腰かけて、クルプスカヤの家庭教育論で盛り上がっていた。

そこに中橋が入ってきた。

「中橋昭雄と申します」といって平田先生にあいさつして、茶色のソファーに腰かけた。

隣の職員室から仲坊先生がお茶を運んできた。

本村良子がそれを受取って平田先生ととし子の前に置いた。

ついで中橋の前に置いたときに、

「クルプスカヤもお茶のときにはこうしていたのでしょうかねえ。中橋さん、クルプスカヤって知っていますか?」と笑いながら訊ねた。

父親代表と母親代表とは平等、お給仕させるなんてどうなの? というニュアンスだ。

中橋は神妙な面持ちでお茶に手をつけ
「ありがとうございます」といって茶碗を置いた。そのあと続けて
「クルプスカヤの家庭と教育論は読んだことはないけど、ベーベルの婦人論なら自信あります」と答えた。

この人はベーベルの婦人論をぶって高原教育長に実印を持つ決意をさせた、という逸話を思い出した。女性が男性に呉していくには、当然責任もかぶらなくてはいけない。そのことをいいたいのだ。自分がまさにその当事者だ、と思った。

あれから一年半を大過なく過ぎた。とし子の任期もあと少しだ。ある日、ＰＴＡ役員と校長室でよもやま話をしていたときに通学カバンが話題になった。

「中橋さん、私小学校はランドセルで本当に良かったと思うの」とつぶやいた。

そのときはそれだけの話で終わった。

六年生のお母さんがたが井戸中の通学カバンのことで憤っていることは承知していた。自分もさもありなんと思う。それからしばらくして、校長室にいたら、突然中橋統君の歌声が聞こえてきた。将来は音楽のほうに進みたいらしい。子どもたちの将来の夢を思い出していた。そこに

「失礼します」という中橋昭雄の声がして戸が開いた。ひとりだった。

「先生、私たちは勝手に動きだしました。先生にはご迷惑はおかけできませんので、詳細は申しません」とだけ言って戸を閉めた。

何のことだろう？　詳細はいえないというのだから、小学校の通学の問題などではない。今思いあたるのは井戸中のカバンの件だけだ。

次の日には仲坊先生が放課後に校長室にやってきて有志の動きが何かある、と報告した。

「有志ってどなた？」

「中橋さんとか、本村さんとか」

「何をしているの？　・・・」

「それがよくわからないんです」

多少うろたえた表情になった。嘘が下手だ。

ここはがまんのしどころだ。詳細を知れば、止めに入るしかないということは明瞭だ。

「しばらく様子をみましょうよ。それからだわ」

「本村さんたちお母さんがたが今六年生の教室におられますが」

仲坊先生はノートに何かをはさむようなしぐさをした。

「有志の動きだから、学校は関与しないわ。ただ、連絡が必要ならあなたの判断でやって」

と告げた。

「解りました。そうします」

仲坊先生は頷いて、にこにこしてから答えた。その晩喫茶店に仲坊晴美を誘った。


雪が降りだした日のことだ。

第一報は「梨の木と桜井の六年生のお母さんがたが、井戸中学校の学校長室に立てこもって、学校長会議に出られないので何とかしてください」という井戸中の教頭からの電話だった。

「私たちは関与していませんので、何もできません」と突っぱねた。すぐに桜井小学校の校長に電話して
「いよいよ始まったわよ。私たちもここが正念場よ」と告げた。

「先生、どうなるんでしょう」

こちらはやや頼りない。自分がしっかりしないといけないと思い直した。

「大丈夫、どっちが高原教育長の方針なのか明らかだわ、ただ井戸中の学校長が怒るからそれだけやりすごさないと」

電話を切って、外をみたら、ホワイトクローバが雪に埋もれている。

その日は凱旋してきた本村良子たちを、梨の木小学校の入口で出迎えた。校長室に入ってもらって、手柄話をじっくり聞いた。最後に

「前代未聞の珍事ね。あとはまかせておいて。大丈夫。でもこれ考えたのは誰？　怒らないから教えて」と聞いてみた。

「声は私たちですけど、作戦は中橋さんです。あ、でも要請書造ったのは桜井の会長さん」

（やっぱり中橋さんかあ、やり手だなあ）顔を思い描いた。

母親たちは意気揚揚と引き揚げていった。

翌日、井戸中の学校長からすぐ来るように、という連絡があった。

とし子は桜井小学校に寄った。

クルマに乗り合わせて、校長ふたり揃って出かけ、学校長の部屋に入った。

井戸中の学校長は苦虫を踏みつぶしたような顔をしていた。

「わざわざ出向いていただき、恐縮というべきところですが、ご両人は知っておられたのでしょうか」と座るなり聞いてきた。

思わずふたり顔を見合わせた。

「とんでもない。何にも知りませんでした」

とし子が答え、桜井の校長は頷いた。

「知らないとすれば管理不行き届きだ。いったい誰のしわざだ。答えてみろ」

すごい剣幕だ。

「最初の案は、梨の木の会長さんだそうです」

桜井小学校の校長が答えた。

「あら、要請書を作成したのは、お宅の会長さんでしょ」

あわてて答えたが、そんな瑣末なことで時間はとられたくない。

思いなおして、井戸中の学校長のほうにキッと向き直って
「でもね、先生、私はそこまでしたお母さんがたの気持ちは本当によく解るのよ」といい放ち、あとは黙りこくってしまった。

小一時間、その状態が続いた。隣の職員室から人が入ってきて
「今ほど教育委員会から電話がありまして、後はこちらでやるから、小学校の校長先生方は今日のところはお引き取りください、とのことです」と伝言をいってきた。

梨の木小学校では、ホワイトクローバーと中橋統の「アメージンググレース」が出迎えて

くれた。

一週間が過ぎた。

「井戸中の通学カバンについては保護者の選択にゆだねるように指示した」という教育委員会からの連絡があった。

さらに、高原教育長が両名の校長と情報交換を希望しているとのことで、市役所四階にある教育委員会に出向いた。桜井の校長とふたり一緒に教育長室に入った。

教育長は上機嫌だった。椅子に座ったままで

「小学校を動員して中学校をやっつけるなんて手があったとはねえ。あはは、愉快。でもこれ黒幕がいたそうねえ」といった。

「最初の案は梨の木の会長さんらしいです」

「中橋君ねえ。彼らしいわ。でもこれですごくやりやすくなったのは事実。私、十年かかるって覚悟していたことが、いっぺんで片付いたわ」

そういって、ソファーのほうに来て、両名に座るように促した。

しばらく母親たちの武勇談が続いて、三名で笑いころげた。

教育長は
「皆さんにはいつかご褒美差し上げるわね。西谷さん。あなた中橋君手放したらだめよ。彼には私につきあって十年間働いてもらうから」

いった後でキリッとした表情に戻った。

「後は教育委員会でやります。両校の保護者の皆さんには、ご安心していただくようお伝えください。今日はここまでね」

外は晴れていた。


さらに一ヶ月が過ぎた。とし子は六十歳の誕生日を迎えた。校長になって二年、いろいろな出来事があったが、今年で定年だ。

校長室で感慨にふけっていたら、高原教育長からの電話がかかってきた。

「誕生日おめでとう、お祝い用意したからこっち来て」

市役所四階の教育委員会へいってみた。

受付の職員にまず花束を渡された。

「これ？　お祝い」と思っているところに、

「高原教育長がお待ちです」と告げられ、教育長室に入った。

「実はね。金沢市で二年後に小学校英語教育全国研究大会を引き受けてきたの」

「ええ」

「事務局長はあなたよ。ついては、現職の校長先生でないと困るので、県と相談して、西谷先生の任期を三年延長して頂いたわ」

「えっ。梨の木小学校ですするんですか?」

「そうよ。指定校お願いしますね」

「大変だわ」

「だから、あなたを選んだの」

五年任期の校長さんというのは、大規模校の一番長い方と同じだ。ふつうは五十五歳で校長になる。小規模校で二年か三年して大規模校に転任して合計五年だが、とし子の場合はそのままだ。

とし子の場合は五十八歳で校長になったので、そこにはまだハンディがあった。それが、例の井戸中の通学カバンの件での副産物で、高原教育長に逆らうとお母さんがたの吊るしあげに合うということで旧守勢力が一掃されたという。

自分たちが校長職になったときには、まず女性が校長をやれるという実績を創るのが仕事だった。

そのために小規模校である梨の木小学校や桜井小学校が選ばれた、自分はそこまでできれば後の人が道を広げてくれるだろうと思っていた。

現実は、さらに進んで、大規模校並みの取り組みにチャレンジする機会を与えてもらった。もう女性校長を五十五歳で就任させても文句をいう人はいない。その功労者として研究会をやらせてもらえる。

これを成功させることは大規模校の校長の主な仕事なので、やれば教職の現場での男女平等が一気に進むことになる。

それだけに責任は重い。

ここで中橋がいつもいう、女性も実印を持つ時代ということを肌で感じた。

「ありがとうございます、がんばります」

とはいえ、これは並みたいていではできない。

小学校には英語専科の教員はまだいない。全員兼任でそれもおお慌てで育成しなければならない。

教育委員会から、梨の木小学校にそのためのサポートスタッフが派遣されている。

例えば、三年生・四年生ではテキストにチューリープランの四小間マンガを使う。子どもたちが読んだあと、グループごとに再現させる。ミニ英語劇だ。これを繰り返して会話力を高める。といった具合だ。

こうして二年後の秋、全国に女校長の小学校の活動事例を報告した。

当日は、中橋昭雄や本村良子らの元ＰＴＡ役員にも参加を促した。

「こんにちは」

「こんにちは」

そこかしこで挨拶しあう人が続く。

体育館では、子どもたちの英語劇「トランプの女王様」を上演した。

ルイスキャロルのふしぎの国のアリスの一場面だ。トランプに扮した子どもたち、英語の歌、子どもたちはよくやった。

姉妹都市公園から本村礼花や中橋統の歌う「アメージンググレース」が聞こえてきた。

第四話　中橋和子

和子が男女共同委員会の金沢市支部の支部長を辞めて一年になるが、今のところ忙しさは余り変わらない。

各班での困りごとや要求実現のための相談にのると、バスと電車の乗り継ぎの身では帰宅は夜の七時近いこともまれではない。

その間、一人さびしく留守番をしている統のことを考えると心苦しいが、困りごとを放置することもできない。まあ、いざとなれば夫の両親も近所に住んでいるので、大したことはない。

また、幸い夫がＰＴＡの活動に力を入れ統が五年生になった今年からは父親代表だ、といっているくらいなので、家でも統との対話ははずんでいるようで安心だ。

いつも居間で連絡帳を統に渡されて、チェックしている。

金沢市姉妹都市公園

夫は風采のあがらない風貌の割に女性に人気がある。

先日も、久しぶりで居間でピアノを弾いていたときに玄関がピンポンと鳴って「本村良子です」という声がした。

ドアを開けたら、にこやかに
「ご主人の女房役を引き受けました」といった。

つい
「えっ」と驚いてしまった。

説明を聞いてＰＴＡの役員になった、という意味だと聞いて安心した。

良子さんとは、信号機設置運動以来だ。

礼花ちゃんたちが毎日渡る交差点は国道と幹線の交わるところで、しかも地下道が幹線側にはない。

国道側には地下道があるのだが、その出入り口の構造物のために幹線側の横断歩道が見えない。極めて危険だった。

そこで梨の木小学校にもっと近くて、交通量の少ない交差点に信号機を設置してもらおうというのが願いだった。

反対意見もあった。

たった数人の子どもが渡る交差点より、百人が渡る交差点を優先させるべきだという古老らの意見だ。

最初は町会長がそれに呼応してしまった。

しかし昭雄たちＰＴＡの役員の意見では、渡る人数ではなく、実際に危ない交差点からということで落ち着き、賛成しない町会長は辞任した。

要望書を作成するときには、和子も手伝い、男女共同委員会の協力で数百名の賛同署名を集めて、金沢市役所に提出した。

七階建ての市役所の二階に市長室がある。

あらかじめ、紹介をお願いした議員から、市長室の前のロビーで待機するよう指定された。

大理石の柱がぴかぴか光り、人が歩くと床はコツコツと音をたてた。

ソファーに腰かけて待機している間に、ふと良子が口を開いた。

「こんなことして、世間知らずのお嬢さんだって、思われるかもね」

初めての取り組みで不安になっているようだ。

すぐに和子はきっぱりと

「お嬢さんはその通りだわ。でも世間知らずではないわ。正義はきっと勝つわ」と答えた。
「おまたせしました」といって市議が現れ、市長室の隣の部屋に案内してくれた。
やがて市長が現れた。市長は要望を聞いたあと
「信号機は危ないところからつけるのが当然だ。調べて対処します」と答えた。

それから一年以上過ぎた秋のある日のことだ。

久しぶりに時間がとれて、ピアノに向かった。幼いころからなじんだソナチネを弾くと心が落ち着く。

突然、統の担任の仲坊先生から電話があった。お互い背丈が低く、活動もいろいろしていて気が合う。だが今日はそういうことではなさそうだ。

きっぱりとした声で
「相談があるので、至急六年二組の教室にお越し願えないでしょうか」といってきた。

「なんだろう、統が何か悪さでもしたのだろうか?」と案じながら、教室に急いだ。

家を出てみたら外は霧だった。遠くから海鳴りのようなゴーゴーという音が聞こえる。

このあたりではめずらしい。

前が全く見えない。風がビュービュー吹いて、何か飛んできては体にまとわりつく。木の葉だと気がつくまで、顔が強ばってしまった。ネッカチーフを取ってきて頭に被った。

戸締りをして、改めて玄関を出た。

「寒いわ」

わずか数十メートルがいかに長いものか。

やっと梨の木小学校の玄関前についた。スリッパを履くのももどかしい。長い廊下を歩いてやっと教室にたどりついた。

教室の後ろのほうに先生はひとりぽつんと立っていた。

上の方の壁には子どもたちの描いた運動会の絵が張り出してあった。

いつも明るい仲坊先生が沈んだ顔をしている。

身につけている紺のスーツやスラックスのせいだろうか？　いやそうではなさそうだ。

和子はネッカチーフをとって手の上で折りたたんだ。

「どうも済みません。急にお越しいただいて」

「何かありましたか？」

胸騒ぎがした。

「中橋さんにお訊ねすることではないのですが、他に相談相手思いつかなくて」といって「こちらをご覧ください」と手まねきして統用の連絡帳を開けてみせた。

「井戸中の通学カバンについての要望書」と記された紙が挟みこまれていた。下段は署名欄がついていて、提出先は井戸中の学校長宛になっている。

仲坊先生は。声高に叫んだ。

「私、本村さんたちがお見えになったときに、通学カバンのことかなあとは思ったの。それでもいきなり署名? 集会の案内ならお渡ししてもいいんだけど」

「ええ、これは署名ですね」

和子はちょっと戸惑った。そんな話なら良子さんにすべきではないか。

「ご主人から何か聞いておられますか?」

仲坊先生は首を伸ばして聞いてこられた。

昨日、本村良子たちが家に来ていた。和子は参加はしていないが、あらましは聞こえた。仲坊先生に協力して頂かないと、という話もでていたなあ、と思った。

「夫もがんばっているなあ、と思っていますが」というと

「中橋さん、ご主人引きずり降ろされるかも知れないわ。いえ、私だってただではすまない

かも」といった。

なるほど、そういうことか。統のことならいざ知らず、そういうことなら修羅場の経験は和子にはずいぶんある。

それに梨の木地区では旧守勢力は大して力はないから夫は大丈夫だろう。問題は仲坊晴美だ。仲坊晴美はきちんとした教員ではあるが、それでもいざとなれば心構えができず、うろたえているのだ。

人生には突然のできごともある。ここは励ましてあげなくてはいけない。

「何かと思ったら、そういうことですか。夫は腹をくっているわ。仲坊先生、ここは正念場よ」

「ええ」小さくうなずいた。

和子は窓の外を眺めた。外は今は明るく、山茶花の花が白く咲いている。仲坊晴美のほうを向きなおして
「いいかしら、私も教員免許持ってるけど、私には臨採の仕事しかないの。でもいつかは正義が勝つと思って、私頑張ってきたのよ」といった。

臨時教職員の会の活動で県教員組合にも協力を依頼にいって、そこでも顔を合わせたこと

がある。

「ええ、和子さん。それは尊敬しています」

和子の目をまっすぐに見だした。

和子は語気を強めて、一気にいった。

「私は、自分を卑しめたくないの。先生だって、ここでくじけてお母さんがたの期待を裏切ったら、それは出世するかもしれないわ。しかし一生後悔するはずよ」

仲坊晴美は「はっ」とした顔をした。それからはればれとした顔で
「そうね。おっしゃるとおりだわ。私何を迷っていたのかしら」といった。

ガヤガヤとどこかで子どもたちの話し声が聞こえる。

和子はまた語気を強めて
「先生、いいかしら。井出中の方では、業者にカバンの在庫が一万七千個残っているとかいうけど、それは子どもたちの成長を考えなかった罰よ」

「そう、その通りだわ。うちの子四年生だけど、あのカバンだといやだわ」

「晴美さん、解っていただけてよかったわ」

和子はネッカチーフを机の上に置いて両手を伸ばした。

ふたりは握手して、お互いにこっとした。

「私って小さな人間ね。反省しなきゃ」

仲坊晴美の声が明るくなってきた。

廊下を校長がツツと歩いて通り過ぎ、和子の顔を認めて首を傾げてから先にいった。

和子は横のネッカチーフを置いたところの席に腰かけた。

すると仲坊晴美もとなりの席に座った。

「誰だって、迷うときはあるわ。晴美さんだけじゃないわよ。私だって・・・」

仲坊晴美は途中でさえぎって
「和子さんだって迷うことあるの？」と訊ねてきた。

「信号機設置で市役所にいったときにね。市長室の前のロビーで待っていて、できるかどうかとても不安だったわ」ちょっと声を切った。

辞任に追い込んだ元町会長は市役所の職員だ。それも都市計画課の主査で、地元もまとめられない無能者の烙印を押されて、さぞかし自分たちを恨んでいることだろう。

ふとそのことを思いだしたが、

「ええ、それで」晴美が先をうながしたので現実に帰った。

「そのときに本村さんが『こんなことして世間知らずのお嬢さんだって思われるかもね』といったの」

教室の外は相当明るくなってきて、陽の光がく差し込んできた。

「良子さんがですかあ」

ややすっとんきょうな上ずった声だ。

「私も内心同じだったけど『正義はきっと勝つ』といって、自分にも言い聞かせたの、それで成功したわ」

当時の市長は数百名の住民の署名を前に実情は無視しなかった。

仲坊晴美の目もとがほくろんできた。

「そうなのね、そうだわ」

「仲坊先生は、卒業式でも日の丸を向いたりしないで立派だ、って夫はいっていたわよ」

日の丸を無視する教職員は処分の対象だ。その危険性をおかしてまで自分の信念を貫くのは相当の勇気がいる。

ふたたび仲坊晴美を見つめていった。

「ご主人がそうおっしゃっているとは知りませんでした」

背筋をピンと伸ばした。

「自分は日の丸に礼をしたくせに、なんていうことをいうのかねえ」

和子は笑ってしまった。

夫が礼をしたときには男女共同委員会の仲間たちは「えっ、なんで」と思ったという。和子も意外な気がしたが、問いただすことはしていない。何か事情があるのだ、と感じていた。

「それで安心しました」といって、仲坊晴美は何度もうなずいた。最後に、にこっとして立ち上がった。

和子は自分も立って、折りたたんだネッカチーフを仲坊晴美の手に押しつけた。

「先生、これ私だと思ってがんばってください」

子どもたちがアメージンググレースを歌うこえが聞こえてきた。

仲坊先生は
「今日は、わざわざお越しいただいてありがとうございました。本来なら私のほうが出向くことでしたが、この棚をご覧いただきたくて」といって深ぶかと頭を下げた。

「いいえ、こちらこそ。いい話し合いでした。あっ、でも私を呼んだのは伏せておいたほうがいいわよ。無役だしね」

和子がいったら

「御配慮ありがとうございます」といってまた頭を下げた。

帰りの足取りは軽かった。霧もおさまり、青空が見える。自宅のドアを開けながら

「今日のこと夫にいおうかなあ。でもせっかく夫もやる気になっているし、胸に納めておこう」とひとりごとをいった。

国道の方からゴーゴーという音が聞こえてきた。大型トラックが通るときの音だった。

「さっきは海鳴りだと思ったけど」といって自分でもおかしくなってしまった。

あとがき

私は小学校三年生のときに、塩梅俊夫先生ら、県教祖青年部の方がたが宝物だと思っておられた内灘の鉄板道路のその鉄板で、十字手裏剣を造っています。このとき烈火のごとくしかられました。しかし、それで小学生といえども世の中のことと無関係ではないと悟りました。時あたかもベトナム反戦運動のさなか、中学生になっては初枝とプラカードを持って英町をねり歩いたこともあります。

そのように走って走っての70年。ここでコロナは過去をふりかえり、お世話になった方がたのことを思い起すいい機会となりました。幸い「つのぶえ」に出した原稿が手元にあり、修正・加筆の上出版しようと決意した次第です。

岩原　茂明《いわはら　しげあき》

・1949年　金沢市増泉町に生誕。5歳のときに英町に転居
・1955年　金沢市立芳斉町小学校入学。3年生のときから塩梅俊夫先生に作文の薫陶を受ける
・1968年　金沢市立高岡町中学校、石川県立桜丘高等学校を経て金沢大学入学
・1973年　金沢大学法文学部経済学科卒業
・1977年　石川生活協同組合入協
・2009年　生協物語出版（ウインかもがわ）
・2012年　石川生協改めコープいしかわ定年退職

全日本川柳協会常任幹事（岩原一角）
平和川柳研究会管理人。ほか数カ所の川柳結社に参加
鶴彬を顕彰する会幹事
北陸児童文学協会つのぶえ同人
金沢市姉妹都市公園の樹木名札の管理人

百点満点《ひゃくてんまんてん》

2023年3月21日　第1刷発行

著　者　岩原茂明
発行者　能登健太朗
発行所　能登印刷出版部
〒920-0855　金沢市武蔵町7-10
TEL　076-222-4595
FAX　076-233-2559
URL https://www.notoinsatu.co.jp/
印　刷　能登印刷株式会社

落丁・乱丁本は小社にてお取り替えします。

ISBN978-4-89010-823-7